RICARDO AZEVEDO

Chega de saudade

2ª edição
revista e ampliada
11ª impressão

© RICARDO AZEVEDO 2006
1ª edição 1984

COORDENAÇÃO EDITORIAL Maristela Petrili de Almeida Leite
EDIÇÃO DE TEXTO Erika Alonso
COORDENAÇÃO DE PRODUÇÃO GRÁFICA André Monteiro, Maria de Lourdes Rodrigues
COORDENAÇÃO DE REVISÃO Estevam Vieira Lédo Jr.
REVISÃO Ana Cortazzo, Ana Tavares,
Elaine Cristina del Nero, Fernanda Marcelino
EDIÇÃO DE ARTE, CAPA E PROJETO GRÁFICO Ricardo Postacchini
ILUSTRAÇÕES DE CAPA E MIOLO Rogério Borges
DIAGRAMAÇÃO Camila Fiorenza Crispino
COORDENAÇÃO DE TRATAMENTO DE IMAGENS Américo Jesus
TRATAMENTO DE IMAGENS
SAÍDA DE FILMES Helio P. de Souza Filho, Marcio H. Kamoto
COORDENAÇÃO DE PRODUÇÃO INDUSTRIAL Wilson Aparecido Troque
IMPRESSÃO E ACABAMENTO Digital Page Gráfica e Editora Ltda.

Dados Internacionais de Catalogação na Publicação (CIP)
(Câmara Brasileira do Livro, SP, Brasil)

Azevedo, Ricardo
  Chega de saudade / Ricardo Azevedo. — 2. ed. —
São Paulo : Moderna, 2006. — (Coleção veredas)

  1. Literatura infantojuvenil I. Título.
  II. Série.

06-3035   CDD-028.5

Índices para catálogo sistemático:

1. Literatura infantojuvenil 028.5
2. Literatura juvenil 028.5

Reprodução proibida. Art.184 do Código Penal e Lei 9.610 de 19 de fevereiro de 1998.

Todos os direitos reservados

EDITORA MODERNA LTDA.
Rua Padre Adelino, 758 - Belenzinho
São Paulo - SP - Brasil - CEP 03303-904
Vendas e Atendimento: Tel. (0__ __11) 2790-1300
Fax (0__ __11) 2790-1501
www.modernaliteratura.com.br
2013
Impresso no Brasil

Para Maria.

Vai minha tristeza e diz...
(Da canção *Chega de saudade*.
Música de Antonio Carlos Jobim e
letra de Vinicius de Moraes.)

1

Uma história, às vezes, parece um quebra-cabeça cheio de peças que vão se encaixando inesperadamente. Não ia conseguir contar essa história se não fosse assim. Na verdade, eu nem sonhava em nascer quando aquela casa no bairro do Sumaré foi construída, mas uma pessoa fala uma coisa, alguém passa e lembra não sei o quê, outro diz que ouviu isso e aquilo e assim, juntando os pedaços, a gente acaba sabendo, mais ou menos, o que aconteceu.

O pessoal mais velho conta que, antigamente, por aqui só havia terrenos baldios e que o bairro era um matagal maravilhoso, cheio de árvores e ruas de terra. Hoje quem vê não acredita. Dizem que era assim de alecrim, aroeira, jasmineiros e macaúbas. Não sei se é verdade. E as árvores frutíferas? Abacateiros imensos, caquizeiros, ameixeiras e figueiras. Mangueiras eu sei que tinha porque ainda tem. O resto, não posso garantir. Essa gente velha, pelo menos eu acho, costuma misturar lembrança com sonho. Já pensou viver a vida entre mangueiras, aroeiras, abacateiros, macaúbas e caquizeiros? Se for verdade, o Sumaré de antigamente era um paraíso.

É claro que nem tudo era fácil. Contam que por aqui havia cobras sanguinárias, que subiam em árvores para caçar pássaros, quatis traiçoeiros, raposas, cachorros-do-mato, lagartos e até aranhas carnívoras capazes de, por exemplo, chupar ovos e destruir ninhadas inteiras de passarinhos recém-nascidos. Tinha até nojentos e nefastos gatos selvagens! Ou seja, se tudo o que dizem for verdade, esse bairro era um paraíso perigoso.

Pelo que ouvi dizer, o primeiro dono da casa do Sumaré foi um tal de Zé do Onofre, mais conhecido como Padim Onofre.

Contam que o sujeito veio de Minas Gerais e era metido a curandeiro. Construiu um casebre, cercou com arame farpado e colocou uma placa: *Padim Onofre — Cura doença com cura e doença sem cura.* Se o problema era espinhela caída, ventre virado, quebranto e mau-olhado, cobreiro, íngua, dor de dente, pé destroncado, unheiro, impinge e bicheira de gado, Padim Onofre curava. Se o problema era negócios e demandas embaraçados, desemprego, inveja, queda de lucro na lavoura, sofrimento no amor, olho gordo, problema de obesidade, crise no casamento ou na família, amores proibidos, dificuldades com os estudos e falta de dinheiro, o curandeiro prometia resolver.

Zé do Onofre encheu o terreno em volta da casa com ervas medicinais: cipó-do-céu, para curar tosse; alecrim, para chás curadores de febres e bronquites; alfazema, para desinfetar crianças que nascem e também para dores de mulher que teve filho; arruda, para qualquer malefício; café, para dor de cabeça; capeba, para fígado ruim; erva-cidreira, como calmante; crista-de-galo, para curar ferida; hortelã, para gases intestinais; velandinho, para soltar catarro; entre muitas outras ervas.

Alguns juraram que o sujeito também plantava alpiste, mas disso eu duvido muito. É exagero do pessoal, tenho quase certeza.

Diziam ainda que Padim Onofre era metido a conhecedor das ciências ocultas; via discos voadores, conversava com espíritos e almas penadas, recebia mensagens do além e mantinha encontros secretos com seres de outros planetas.

Segundo os antigos, o lugar ficou muito perfumoso.

De uma mistura de ervas e raízes, Zé do Onofre começou a fabricar certo remédio, o famoso e infalível "Curatudo", também conhecido como "Salva gente boa", pois toda vez que o remédio falhava, o curandeiro explicava que era porque a pessoa doente não era boa.

Dizem que o "Curatudo" vendeu feito água.

Não demorou muito, é o que os mais velhos contam, a fama de Padim Onofre correu pela cidade inteira.

As pessoas vinham e faziam fila em frente de sua casa para pedir conselhos, fazer consultas, ser benzidas e tentar a cura de seus males. A verdade é que a região começou a ter mais movimento a partir dessa época e pode-se dizer que o curandeiro trouxe o progresso para o bairro do Sumaré. Todos reconhecem que Zé do Onofre era uma pessoa silenciosa, gentil e discreta, de quem não se podia dizer um isso, a não ser o fato inacreditável de possuir dentro da própria casa, dormindo ao lado de sua cama, se arrastando nojento pelo chão, um lamentável gato preto.

Enquanto havia sol, o triste animal dormia numa caixa de papelão forrada com um cobertorzinho xadrez malcheiroso. De noite, saía para seus passeios sanguinários. Ficava de tocaia em muros, encruzilhadas e galhos escuros. Às vezes, conseguia voltar feliz pela madrugada, os beiços cheios de penas, carne e sangue.

Só sei que, numa noite de sexta-feira, um temporal desabou. Durante horas, a chuva lambeu furiosa o bairro inteiro e até derrubou árvores, deixando famílias inteiras desabrigadas. O vento uivava feito cachorro louco. Os raios eletrocutavam o céu. Deu meia-noite. Dizem que, trancado no quarto, Padim Onofre fazia uma experiência de ciências ocultas: aplicava forças do além em seu asqueroso gato. Ao que parece, o feitiço virou contra o feiticeiro: a experiência saiu fora de controle e o bichano se transformou num monstrengo infernal.

Gritos lancinantes ecoaram dentro da casa, houve uma explosão e depois um silêncio de morte.

Os mais velhos contam que um cheiro de enxofre insuportável tomou conta do bairro inteiro.

O barraco amanheceu com os vidros espatifados e as portas e janelas escancaradas. Dentro, paredes queimadas e manchadas de sangue. Numa delas, o desenho de um gato diabólico e chifrudo pintado, dizem, com o próprio sangue do curandeiro. Chamaram a polícia. Vieram até jornalistas. Nada. Zé do Onofre nunca mais foi visto, nem ele nem seu estúpido gato preto.

Tempos depois, o terreno foi vendido e o barraco do curandeiro destruído. No lugar, ergueram a casa que existe até hoje, um sobrado confortável, com quatro dormitórios e dois banheiros no andar superior. No térreo, duas salas, copa, cozinha e lavabo para as visitas.

A casa foi construída por Ângelo Rufino Barata, um engenheiro civil. Parece que o sujeito ganhava a vida fazendo projetos de cadeados, gaiolas, armadilhas, arapucas e correntes.

O engenheiro chegou e não pensou duas vezes. Destruiu a plantação de ervas e mandou cimentar o quintal inteiro. Botou ainda lajota e pedra e tapou tudo até não dar pra ver nem um tico de terra. Armado de escada, martelo e pregos, pendurou, pelas paredes do lado de fora da casa, gaiolas e mais gaiolas de passarinhos. Quem passava na rua ouvia de longe os gritos lancinantes dos curiós, sofrês, canários, xexéus, tuins, coleirinhas, bicudos, bigodinhos e caga-sebinhos.

Devia dar um nó na garganta ver aquela passarinhada atrás das grades, presa e acorrentada feito criminosa. Dizem que um corrupião exibido, que sabia de cor a primeira parte do Hino Nacional, vivia desesperado pedindo socorro em sua gaiola. Arrancava os cabelos. Batia o peito contra as grades. Dia e noite, tentava abrir a portinhola com o bico. O engenheiro coçava o saco orgulhoso. Pensava que aquilo era canto de felicidade.

Só sei dizer que, vez por outra, alguém escapulia da gaiola. Aí é que se vê o mal que uma prisão faz. O pobre pássaro ali, sonhando ingenuamente com as delícias da liberdade, cantar, voar sem direção, acordar tarde, caçar, namorar nos galhos e moitas, fazer ninho... Qual! Descobria que estava com as asas enferrujadas e mal sabia voar direito. E depois, corria o risco de morrer de fome. Arranjar comida como? Acostumado com a vida no cativeiro, tinha desaprendido a arte de cuidar de si mesmo. Terminava seus dias depenado numa sarjeta ou, pior, devorado por algum gato infame numa noite de escuridão, chuva e assassinato.

Conta-se também de um famoso papagaio. Não sei se a história é verdadeira.

Parece que, antes de ser engenheiro, Ângelo Rufino tinha sido seminarista.

Quando desistiu de ser padre, e se desligou do convento, ganhou dos colegas de seminário um papagaio. Parece que o bicho tinha nascido no convento e era muito religioso. Daqueles que acordavam todo santo dia de madrugada e, de joelhos, olhos fechados, compenetrado, com as asinhas coladas uma na outra, rezavam durante horas e horas. Alguns garantem que o papagaio sabia rezar o terço. Outros que, de tanto fervor, o pássaro às vezes até chorava durante suas orações.

Acontece que o engenheiro conhecia uma freira, amiga dos tempos do convento. A freira, por sua vez, tinha uma prima que falecera, mas, antes disso, deixou uma papagaia para ela cuidar. Infelizmente, a papagaia era o oposto do papagaio do engenheiro. A verdinha era boca suja, tinha maus hábitos e soltava cada palavrão que dava medo. Além disso, era especialista em mandar todo mundo para aquele lugar e, pior, tinha mania de xingar a mãe, não só da própria freirinha, como das outras religiosas, da madre superiora, dos visitantes do convento, dos funcionários e dos amigos de um modo geral.

Um dia, conversa vai, conversa vem, a freira contou o problema ao amigo. O engenheiro logo teve uma ideia. Deixar a papagaia passar uma temporada morando com o papagaio beato. Através das orações e dos bons exemplos, pensava ele, talvez a malcriada se regenerasse.

O que os antigos contavam rachando o bico é que, quando o engenheiro chegou e colocou a papagaia no poleiro, o papagaio arregalou os olhos, sorriu, caiu de joelhos, levou as asas aos céus e gritou: "Milagre! Aleluia! Graças a Deus! Rezei muito, mas minhas preces foram atendidas!".

Pouco tempo depois, dizem, o verde e falante casal conseguiu roer e quebrar as correntes que prendiam suas pernas e partiu rumo ao céu azul. Me contaram que os dois ainda estão vivos e vivem no parque do Ibirapuera, mas não conheço esse parque e não posso garantir que isso seja verdade.

Um dia, parece que o engenheiro voltou mais cedo. Tinha arranjado emprego em Belo Horizonte para trabalhar menos e ganhar o dobro. Colocou a casa à venda, prendeu uma placa *Mudança: família vende tudo* e foi embora. Na pressa acabou — isso é inacreditável principalmente para uma pessoa de passado religioso — esquecendo os passarinhos. Os infelizes penaram dias e dias sem comer nem beber — dizem que alguns faleceram! —, até serem recolhidos por uma vizinha, a alemã Otília Baumgarten, na época recém-casada e que deve entrar um pouco nessa história, mas isso vai ser mais adiante.

Contam que a casa do Sumaré ficou algum tempo fechada, passou por uma reforma e acabou comprada pelo médico José Bento Fagundes, que morou ali com sua mulher, Maria Ophélia, e teve dois filhos (perdeu um de hepatite tipo C), três netos e morreu deixando um jardim florido, perfumoso e cheio de árvores. Esse lugar eu conheço bem e já estive lá muitas e muitas vezes.

A viúva Maria Ophélia Fagundes e seu namorado Vicente Alves Araújo serão os principais protagonistas desta história.

2

— Viu a vovó?
— O quê?
— Antes ela era tão legal, fazia aquele biscoitinho amanteigado, brincava com a gente, contava história...
— É mesmo! E os passeios? Aquela vez que a gente saiu de casa e foi parar na praça Buenos Aires a pé! Tinha um baita cachorrão peludão que correu atrás da gente!
— Lembra da vez que na volta a gente sentou no barranco do estádio do Pacaembu e a vovó contou a história do *Gaspar, eu caio*?
— É mesmo! Lembra? Cruzes! (e com voz grossa) "Gaspar, eu caaaaio!"
— "Pois, caaaaiaaaaaaa! E caia uma perna no chão!" Brrr! Que medo!

— Não foi assim. Primeiro, foi um braço, depois outro braço, depois uma perna, depois outra perna...

— No fim, apareceu o esqueleto inteiro... agora...

— Agora, o quê?

— Agora a vovó Ophélia não quer mais saber de nada!

— Tudo por causa do vovô.

— Mas ele morreu já tem dois anos. Eu tinha sete.

— Eu assim... ó... cinco.

— Deve ser chato ser velho... tá louco!... Já pensou? Ficar à toa na vida sem poder fazer nada!

— Mas a vovó cozinha melhor que a mamãe, sabe contar mil histórias, sabe dançar, sabe falar naquela língua atrapalhada...

— Mas ela nunca mais dançou. No tempo do vovô era diferente. Lembra dos dois girando na sala?

— Ela disse que era samba do Ary Lamoso.

— Não é Lamoso, é Barroso. Ary Barroso. Fora isso, a vovó dá aula na escola.

— Papai falou que no ano que vem não vai mais, não pode, passou da idade.

— Será que gente velha dá aula pior? Papai mandou não deixar a vovó subir escada sozinha de jeito nenhum, senão pode levar um tombo e quebrar a bacia.

— Bacia?

— Dentro da gente tem uma bacia.

— Jura?

— Lógico!

— Se tem bacia, tem pia, banheira, torneira...

— Deve ser um sarro aqui por dentro...

— E o coração? Dizem que pessoa ruim não tem coração. Será?

— Outro dia fui ajudar a vovó a carregar um pacote na escada. Ela falou que não precisava. Que o coração dela era de ferro. Eu disse que se ela caísse e quebrasse a bacia ia se ferrar de verde e amarelo.

— E ela?

— Caiu na risada. Disse que nunca tinha escutado se ferrar de verde e amarelo.

— Será que a vovó vai morrer logo?

— Tomara que não... O dr. Tito examinou ela outro dia e disse que ela tem saúde de ferro!

— Mas isso é bom?

— Por quê?

— Ué, se a saúde é de ferro com o tempo enferruja! Júlia, pra onde será que a gente vai depois que morre?

— O vovô dizia que o inferno é aqui mesmo. Gente que faz coisa ruim depois paga caro e sofre pra chuchu. Quem planta colhe, como ele dizia.

— Como assim?

— Se você planta uma fruta boa, colhe uma fruta boa. Se planta uma fruta venenosa...

— É que nem um assassino. Ele planta um crime e vai pagar pelo crime na cadeia.

— Isso mesmo. Tem gente criminosa que passa mais de cem anos presa na cadeia. Já pensou?

— E se o cara morrer antes?

— O delegado não devia deixar. Primeiro, tinha que cumprir a pena inteirinha pra depois morrer sossegado...

— Pena?

— Pena é o castigo do cara.

— Passar cem anos preso acorrentado na cadeia deve dar pena.

— Perguntei pra vovó se o vovô foi pro céu. Ela acha que sim. Falou que quando uma pessoa que a gente gosta morre nunca desaparece porque fica dentro da gente em forma de lembrança.

— Ontem escutei vovó chorando no quarto.

— Gente velha tem mania de tristeza...

— Mas e a dona Otília? Nunca vi velhinha mais moça que nem ela! Sempre animada, fazendo ginástica, cuidando do Salsicha, dos passarinhos e do seu Werner.

— Antigamente, a vovó também era assim. Depois que o vovô morreu...

— Mas aquele dia, na praça Buenos Aires, o vovô já tinha morrido faz tempo, Júlia.

— Gente velha cada dia fica de um jeito...

— Escutei a vovó contando pra mamãe que quando era menina, no tempo da escola, muito antes do vovô, ela tinha gostado de um colega. Chamava... Ariovaldo... Araxá...

— Ih! O telefone tá tocando! Espera aí que eu vou atender.

— Quem é?
— É com a vovó... um tal Caramujo!
— Caramujo?... Credo!
— Vou lá avisar.

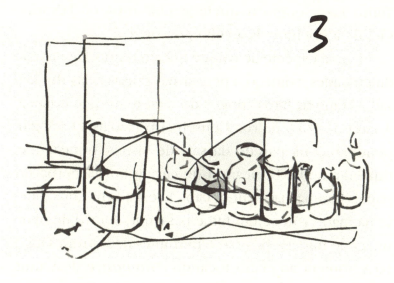

3

A vida, Virgem Maria, é uma espécie de viagem rica e interessante, às vezes assustadora, às vezes encantadora. Surpreendente sempre é, principalmente se a gente deixar a surpresa chegar. Pelo menos a viagem da minha vida teve um pouco de tudo: momentos de grande felicidade, períodos de tristeza, medo e desânimo, coisas inesperadas, alegrias e mil dificuldades. Em geral, quando me vejo diante de um problema sério, minha tendência é ficar meditando, vem uma ideia fixa na cabeça que fica martelando, o peito aperta, a respiração fica mais curta, o coração dói um pouco, sinto fraqueza, desânimo, as mãos tremem e até parece que vou encolher. Nessas ocasiões, costumo perder o sono à noite. Aí, de repente, eu respiro fundo, rezo para Nossa Senhora, faço força, paro e digo chega!

Tento fazer como naquele samba antigo: "Levanta, sacode a poeira e dá a volta por cima...".

É uma espécie de truque que eu tenho. Diante das dificuldades, começo a pensar nas coisas boas do passado. Lembrar fatos antigos do meu tempo de criança. A casa de vovô na rua Conselheiro Nébias. O relógio, pendurado na parede da sala de visitas, tique-taque, tique-taque. Eu brincando de cavalinho na perna do papai:"Bambalalão senhor capitão espada na cinta ginete na mão". Parece um filme passando dentro de mim, trazendo lugares, pessoas e perfumes de outrora. Ouço tia Antonieta, ao piano, tocando o *Romance*, de Arthur Napoleão. Um jantar em casa, toda a família reunida, papai, mamãe, a comida gostosa da Geralda. Lembro das viagens de trem, dos primos do Rio, dos banhos de mar na praia de Ipanema, dos amigos... Férias em Caxambu! Lembro de coisas mais íntimas. Um rosto me olhando diferente. Uma mão segurando a minha mão. Um beijo escondido no silêncio do elevador. Eu era uma menina bem namoradeira. Credo, nem é bom lembrar!

Quando a gente está triste, parece que tudo fica sem sentido. A vida perde a razão de ser. Vira uma espécie de beco sem saída. Não deixo de jeito nenhum esse sentimento ruim crescer dentro de mim. É quando eu faço meu truque. É fácil. É uma questão de querer, parar e lembrar... Por mais que a vida esteja difícil, olhando para trás a gente sente que muita coisa valeu a pena. Vejo que fui feliz assim, assim, assim; fiquei triste por causa disso, disso e disso; resolvi um problema de um jeito; outro, de outro. Uma coisa é certa: a vida tem momentos bons e momentos ruins.

Agora, por exemplo, reconheço que estou passando por um período ruim. Tenho feito meu truque, tenho lutado e rezado muito para manter o ânimo, mas, às vezes, minha vontade é deitar na cama e apagar a luz. Não suporto mais ser tratada desse jeito. Só por causa da idade. Sei de velhos que de fato estão mal. Sem memória. Fracos. Com problemas de saúde. Depressão. Mal de *Alzheimer*. Câncer. Talvez eu esteja sendo injusta, mas, muitas vezes, é gente que não soube se cuidar e agora colhe o que plantou ao longo da vida. Ou então foi infeliz, teve azar e pegou uma doença grave mesmo se cuidando. Fazer o quê? São coisas que só Deus Nosso Senhor pode explicar. Isso sem falar nas pessoas pobres, que passaram fome e nunca tiveram a menor chance de cuidar da saúde. Aí realmente é muito difícil. Quando envelhecem, sofrem mesmo. Mas eu? Justo eu que me sinto tão bem! Fiz tanta coisa boa na vida. Lutei para ser feliz. Tive sorte de ter tido casa, comida, carinho. Sempre cuidei da minha saúde. Agora, de repente, perceber nos olhos das pessoas aquele ar de pena! Qualquer coisinha, a gente vai passar mal. Qualquer ventinho, vai pegar pneumonia. Qualquer esforço, vai ter um enfarte do miocárdio. Outro dia, no banho, escorreguei e caí sentada no boxe do chuveiro. Não contei a ninguém, senão ia ser um deus-nos-acuda de médico, radiografia, ultrassonografia computadorizada... Deus me livre! Doeu uns dias e passou. Claro! Magoa ter saúde e ser considerada uma pessoa doente. Faz até mal notar as pessoas em volta da gente mentindo, trocando mensagens com os olhos e escondendo coisas.

Sexta passada, por exemplo, liguei para Madalena, amiga antiga com quem eu não falava há mais de um ano. Foi de repente. Senti saudades. Atenderam e disseram que minha amiga havia falecido há cerca de dez dias. Teve um derrame, estava sozinha em casa, morreu. Fiquei triste. Mais uma amiga que eu perdia. Fiquei triste, mas compreendi. Madalena já tinha passado dos setenta anos e andava mesmo muito adoentada. Depois, descobri que em casa todos sabiam. Até as crianças. Isso me fez mal. Nossa Mãe do céu! Se todos sabiam, como é que ninguém me avisou? Queria ter ido ao enterro para me despedir da Madalena. Aí vieram com aquela conversa mole. Disseram que ficaram preocupados comigo, não queriam me ver triste, que eu já tinha idade, que acharam melhor me poupar e não dar a notícia. Esse tipo de coisa me deixa indignada. Tenho direito de participar do mundo em volta de mim! Tenho direito de receber as boas e as más notícias. Nessas horas, credo, dá vontade de deitar na cama para não acordar mais. É quando eu respiro fundo, faço força e uso o truque do filme.

Ah! Zé Bento! Zé Bento! Que saudade! Um companheirão alegre. Carinhoso. Quando lembro dele faço um filme completo. Nosso namoro. Nosso noivado. A festa de casamento. A luta dele para se firmar como médico. As noites de plantão no Hospital das Clínicas. O primeiro consultório. Ficava no Edifício Ester, bem ali na praça da República. Eu em casa, cuidando de Felipe e André. Depois, veio a morte de Felipe. Dias e dias no hospital, transfusões de sangue. Nessa parte do filme eu sempre choro. Até hoje, não me conformo com a morte de Felipe. Ele só tinha doze anos! É difícil compreender por que Deus fez isso comigo. Não é justo. Não tem lógica. Não é natural. Um filho enterrar a mãe, está certo. Uma mãe enterrar o próprio filho...

Sei dizer que depois comecei a dar aulas e a vida foi indo em frente. Agora, sinto muita saudade do Zé Bento. Vivi minha vida inteira ao lado dele. De noite, na cama, ainda escuto sua respiração. E a mania dele de se descobrir durante a noite, mesmo no inverno? Ainda acordo à noite para cobrir o Zé. E nossas conversas de manhã cedinho, na hora de ler o jornal e tomar um cafezinho, antes de ele ir para o consultório? E os sambas que a gente gostava tanto de dançar? Que falta o Zé Bento me faz! Se bem que, no fim da vida, deu para ficar com mania de doença. Nunca vi! Nem parecia médico. Tudo ele achava que podia ser doença. E era remédio para o fígado, coração, rim, enxaqueca, bico-de-papagaio. Na hora do almoço, uma porção de vidrinhos em cima da mesa. "Que é isso, Zé?", eu implicava. "Que mania! O homem da farmácia vai ficar podre de rico nas suas costas!"

Até o dia em que... Era noite alta. Eu estava dormindo. Escutei um gemido. Acordei. Procurei. Ninguém na cama. "Zé?" Senti um calafrio. Encontrei o coitado caído no chão, com a mão no peito. "Ophélia... me ajude... estou morrendo... é o coração... corre... o remédio... pega... trinta gotas... em cima da penteadeira..." Nem sei quantas gotas pinguei na boca dele. Ficou em silêncio. Imóvel. Pensei que tivesse morrido. De repente, saltou de olhos arregalados e começou a andar sem rumo pelo quarto. Olhei seu rosto. A boca cheia de sangue! "Ophélia... você... me envenenou..." Coloquei os óculos. Tinha dado a ele mercurocromo!

Para falar a verdade, ninguém sabe até hoje se foi ou não enfarte. Só sei que, daquele dia em diante, o Zé Bento não falou mais do coração e ainda durou uns bons anos. Ele já se foi. E eu? Só quero saber o que vai ser de mim agora. Chamaram na escola para dizer que vou ter que me aposentar. Parar de dar aulas. Falei que não queria. Dei aula minha vida toda. Tenho forças para trabalhar muitos anos ainda. A diretora sabe disso, disse que as crianças adoram minhas aulas, mas, sabe como é, sentia muito, é a lei. Aconselhou a tirar férias. Ninguém pode avaliar o quanto trabalhar na escola é importante na minha vida pessoal. O trabalhão de preparar e dar as aulas, sempre um pouco inesperadas; reuniões de professores; conversas com os pais dos alunos; relatórios semestrais, aluno por aluno; correção de trabalhos; avaliações; organização da festa junina, tudo isso sempre me ajudou a dar um sentido para minha vida. Ensinar é um trabalho gratificante, mas, além disso, as aulas me ocupam e não me dão tempo para pensar na perda do Felipe e, depois, na saudade que sinto do Zé Bento.

Só sei que, aquele dia, saí da escola e fui para casa andando sem enxergar direito. Sentindo falta de ar. Tontura. O coração começou a bater descompassado. Uma vontade de chorar, gritar. Perguntar por quê?... Por quê? Por quê? Tantos anos! Minhas aulas, meus alunos, as lições... Férias!!!... E depois? O resto da vida presa em casa fazendo crochê? Jogando paciência? Ficar por aí feito uma alma penada?

A vida parece um líquido escorrendo pelas minhas mãos. Estou sem marido. No trabalho, não me querem mais. Meus amigos estão morrendo. A família, meu próprio filho, me trata como se eu já estivesse com um pé na cova. Desde que o Zé Bento morreu, quando fico nervosa, o coração sai do ritmo e bate de uma forma estranha. Às vezes falha. Decidi não ir ao médico e não toquei no assunto com ninguém. Reconheço que, às vezes, meu truque do filme não funciona. É quando sinto que seria bom, Deus me perdoe, se de repente meu coração parasse de bater e pronto...

....

— Vó?

— Sim?

— Telefone...

— Quem é?

— Ele disse que chama Caramujo...

4

Dentro em breve a cidade de São Paulo deverá ganhar seu mais moderno, luxuoso e sofisticado shopping center. Estão prestes a serem iniciadas as obras do monumental Sumaré Big Center Shopping Boom. Localizado numa praça no coração do bairro do Sumaré, bairro nobre, arborizado e residencial, a dez minutos da praça da Sé, a doze minutos da marginal do Tietê e apenas a vinte minutos do Aeroporto Internacional de Congonhas, este grandioso empreendimento, a ser concluído em doze meses, foi projetado para se transformar no maior centro comercial do país, apresentando, porém, uma característica inédita e realmente revolucionária. Pela primeira vez no Brasil, serão construídos e colocados à venda apartamentos residenciais e escritórios situados den-

tro do próprio shopping center. *Num enorme edifício de sessenta e quatro andares, projetado com linhas arrojadas pelo internacionalmente conhecido e premiado arquiteto italiano Pietro Malasarti, teremos, finalmente, lojas de departamento, supermercados, casas de massagem, escolas, quitandas, bares, flipe-ramas, butiques, açougues,* lan houses, *danceterias, hospitais, restaurantes,* cyber *cafés, academias esportivas, correios, cemitérios, farmácias, escolas de idiomas, bancos,* pet shops, *lanchonetes, faculdades, cabeleireiros, clubes, igrejas, cursos de pós-graduação, lavanderias, bingos, teatros e cinemas misturados a apartamentos de um, dois, três, quatro e até, pasmem!, cinco dormitórios de alto padrão, com divisões internas personalizadas, toaletes com hidromassagem e grande comodidade. Todos os apartamentos com espaço na garagem e manobristas. E mais: trinta andares do mesmo* shopping *foram projetados para ser escritórios de atividade empresarial. Em outras palavras, trata-se de uma concepção nova e revolucionária de moradia e estilo de vida. O proprietário poderá morar, trabalhar, fazer suas compras e viver a vida num mesmo e único espaço, o fantástico* Sumaré Big Center Shopping Boom. *Basta abrir a porta do apartamento e ir para o trabalho ou mergulhar num paraíso alucinante de cores, perfumes, sons, imagens e produtos comerciais. Tudo isso, naturalmente, guardado por um eficiente sistema de segurança con-*

trolado e coordenado por câmeras e computadores. Está prevista uma equipe de sete guardas treinados e armados por andar. O empreendimento conta ainda com um moderno heliporto. Prepare-se para os novos tempos! Venha conhecer agora um apartamento no Sumaré Big Center Shopping Boom *vendido com financiamento da Caixa Econômica Federal. De quebra, no último andar, será construído um incrível* playground *coberto para as crianças poderem brincar o tempo todo, sem depender do sol ou da chuva, se venta ou se faz frio. Equipado com os mais modernos brinquedos, o espaço, além de possuir ar condicionado, será cercado inteiramente por um jardim artificial. Nele, seu filho terá acesso a piscinas com temperatura controlada, babás contratadas pela administração do próprio* shopping, *psicólogas, pedagogas, nutricionistas e especialistas em recreação, além de um serviço especializado de segurança infantil. As privilegiadas crianças moradoras do* Sumaré Big Center Shopping Boom *poderão, finalmente, brincar com conforto, controle e segurança em período integral, sem medo ou riscos de sequestros, assaltos e mesmo de entrar em contato com pessoas inesperadas ou indesejáveis. Venha hoje mesmo conhecer o novo conceito de moradia que tomou conta da cidade de São Paulo, o empreendimento que vai facilitar e revolucionar sua vida e a vida de sua família. Finalmente, as pessoas poderão nascer no* shopping, *crescer, brincar, estudar em suas escolas e universidades, namorar, adquirir enxoval, realizar a cerimônia do casamento, trabalhar em seus inúmeros escritórios, viver a aposentadoria e, um dia, ser enterrado em seu cemitério próprio.* Sumaré Big Center Shopping Boom: *o destino da família do futuro!*

5

— Vó, o Beto quebrou a tampa do meu espelhinho dourado!
— Não quebrei nada!
— Quebrou sim, seu chato burro besta!
— Burra besta é você!
— Vó, o Beto quebrou a tampa do meu espelhinho dourado! Olha só!
— Foi sem querer!
— Ele pegou a tampa do espelhinho e dobrou assim ó!
— Eu só queria olhar um pouco, viu!
— Olhar o quê?
— Olhar dentro do espelho, ué!
— Acorda, vó! O Beto quebrou a tampa do espelhinho dourado que você me deu!

— Outro dia a Júlia pegou minha bola escondido, sem nem falar comigo, foi com a Marli jogar vôlei no jardim, a bola caiu na casa da dona Otília e o Salsicha furou.

— Já estava furada!

— Tava nada, burra mentirosa!

— Tava sim, senhor! O Salsicha fica preso na corrente, seu besta! Ia morder a bola como?

— Ah, é? Então como agora ela está toda murcha, cheia de furinho?

— Ela já estava furada!

— Tava nada!

— Tava!

— Não tava, sua burra! Também, se a dona Otília um dia jogar uma bola do lado de cá ela vai ver! Mando a Olívia morder a bola dela inteirinha.

— A dona Otília nem joga bola.

— Então eu mando a Olívia morder o Salsicha.

— Vó, o Beto quebrou a tampa do meu espelhinho dourado!

— Não quebrei nada!

— Quebrou sim, seu chato burro besta!

— Burra besta é você!

— Vó! Acorda!

— Olha aqui vocês dois! Vamos parar com essa gritaria no meu quarto? Vocês não estão vendo que sua avó está descansando? Vocês não estão vendo que sua avó está dormindo? Com ordem de quem vocês entram

31

no meu quarto gritando desse jeito por causa da tampa de um espelhinho? E daí? Que é que eu tenho com isso? Se a tampa do espelhinho quebrou, azar seu, Júlia! Se o cachorro furou a bola, azar seu, Beto! Estou cheia dessa gritaria infernal todo o santo dia na minha casa! É briga por causa de brinquedo. É briga por causa de programa de televisão. É briga por causa de comida. É briga por causa de lição, de *videogame*, de computador e sei lá mais o quê! É implicância um com o outro o dia inteiro! Vocês são dois chatos. Eu não aguento mais! Já passaram da idade de ficar brigando feito duas criancinhas de colo! Júlia, você já tem nove anos! E você, Beto?

— Sete!

— Pois parece ter dois! Olha aqui! Estou cansada de vocês! Estou cheia! Não aguento mais! Já pra fora do meu quarto! Sumam daqui! Proíbo vocês de entrarem aqui de novo! Nunca mais! Ai de vocês se eu escutar mais um pio dentro dessa maldita casa. Hoje mesmo eu falo com seu pai para dar um jeito de me tirar daqui! Prefiro vender a casa e ir morar com a tia Amélia no Rio! Prefiro ser internada num asilo de velhos! Prefiro morar debaixo da ponte, qualquer coisa, menos ficar aguentando gritaria de criança chata e mal-educada entrando no meu quarto o dia inteiro pra falar bobagem e fazer má-criação! Fora daqui vocês dois! Fora, já, já e já!

— Vó, de noite, depois do jantar, você conta história pra gente?

— Ah, minha Nossa Senhora Mãe do Céu!

6

Minha casa é alta e fica numa praça escondida no meio do bairro do Sumaré. Da porta de entrada dá para ver a torre cheia de furinhos da igreja dos dominicanos, um bom pedaço do cemitério do Araçá, o prédio da antiga TV Tupi, a ponte da rua Dr. Arnaldo sobre a avenida Sumaré e, em dia de jogo de futebol, a iluminação brilhante dos refletores do estádio do Pacaembu.

A casa de tijolinho aparente, onde José Bento viveu, fica perto daqui, umas três ruas abaixo da minha. Lá continuam morando sua viúva Ophélia, com o filho, a nora e os três netinhos. Ophélia nasceu no Sumaré faz muito tempo, estudou aqui, depois casou e continuou morando no bairro, na época em que ainda tinha muito mato, muitas árvores, aleluias, hibiscos, mulungus, resedás, jatobás, ipês de tudo quanto é cor, ainda não tinha cabos telefônicos, poucos postes de luz e as ruas eram quase todas de terra. Meu pai contava que nesse tempo quase não havia casas por aqui e que, perto do estádio do Pacaembu, o mato era alto em muitos lugares e existia até uma cachoeirinha.

Lembro ainda, eu era bem pequeno, de ver Ophélia todo dia, lá pelas seis da manhã, indo para a escola dar aula. Passava assobiando apressada, cheia de livros e cadernos debaixo do braço. Às vezes, trazia um saquinho com migalhas de pão e jogava pelo caminho. Era uma festa. A passarinhada voava em torno dela assanhada e agradecida.

Naquele tempo, lembro bem, houve um caso que ficou famoso no bairro. Numa casa que fica entre a minha e a casa da Ophélia, morava um triste gato. Num dia em que fazia calor, a empregada foi pegar não sei o quê e deixou a geladeira aberta. O bichano, com aquele instinto de ladrão típico dos gatos, sentiu cheiro de peixe e entrou escondido na geladeira. A empregada voltou, fechou a porta e foi lavar roupa. De noite, encontraram o gato congelado. Parecia uma bola de pedra peluda. Bem-feito! Quem mandou dar uma de esperto?

Outra coisa que posso falar com segurança. Ophélia é uma grande contadora de histórias. Eu mesmo escutei muitas histórias contadas por ela, principalmente nas noites quentes de verão, quando as pessoas costumam deixar as janelas abertas. Já ouvi histórias contadas por outras pessoas, mas as dela são melhores.

34

Não sei explicar direito o porquê. Se é o jeito que ela conta, sempre sentada, a luz do quarto quase apagada, a voz baixa, tranquila, segura e emocionada. Não sei se são as histórias que ela gosta de contar. Sei que é impressionante. Ophélia escolhe os contos a dedo. Eles tocam o coração da gente. Parece até que a gente faz parte da história e se identifica completamente com tudo o que acontece. Confesso que chorei mais de uma vez escutando as histórias maravilhosas contadas por ela.

Quando José Bento morreu, Ophélia passou por um período de muita tristeza. Durante meses, andou de luto, pálida, cabisbaixa. Muita gente no bairro achou que ela fosse morrer também. A coitada emagreceu. Virou um fiapo de gente. Parecia que tinha envelhecido uns vinte anos. Demorou para se acostumar com a falta do companheiro. Mas, aos poucos, se conformou, tirou as roupas escuras e começou a tocar a vida pra frente. Depois, não sei por que cargas-d'água, piorou outra vez. Mudou. Desanimou. Murchou de novo. Começou a andar sem destino pela praça, silenciosa, sombria, chutando pedras. Cadê aquele assobio gostoso? Cadê aquele rosto risonho? Cadê o saquinho cheio de pedaços de pão? Uma vez, atravessou a avenida Sumaré com o sinal vermelho e quase leva uma trombada.

Por causa disso, quando ela surgiu na porta de casa, de salto alto, vestido elegante azul, unha pintada, enfeitada com broche e brincos de camafeu, penteada, perfumada e com o rosto cheio de ruge e pó-de-arroz, foi uma bela surpresa.

Naquele dia, uma segunda-feira, eu estava passeando e assisti a toda a cena.

Vi quando ela saiu de casa, abriu o portãozinho, conversou um pouco com sua amiga, aquela vizinha lamentável, a bruxa alemã que prende passarinhos, subiu a rua e veio parar justinho na praça onde eu moro. Ficou zanzando pela grama, olhou o relógio duas vezes, examinou o canteiro e ainda pegou uns pedaços de papel jogados no chão e colocou na lixeira. Parecia preocupada e feliz. Acabou sentando numa pedra grande perto da árvore, que, aliás, é melhor que muito banco de jardim.

Foi quando, do alto de casa, percebi alguém se aproximando. O sujeito vinha andando de quatro, agachado, se esgueirando rente ao chão, sempre escondido atrás das moitas. Parecia uma ratazana de esgoto ou, pior, um gato traiçoeiro. Senti medo. Seria um ladrão? Podia ser um sequestrador! O sujeito foi, foi, foi e conseguiu chegar perto da pobre senhora sem que ela percebesse. Ophélia estava no mundo da lua, lendo um livro. O homem era um velho. Veio por trás, ficou em pé e zás!, deu um bote violento, tapando os olhos da coitada com as mãos.

— Adivinha quem é?

Ophélia não se assustou nem um pouco. Ao contrário, virou-se toda sorrindo.

36

Na sua frente, uma figura de cabelos brancos despenteados, pele corada, bigodão cobrindo a boca, um paletó desbotado de veludo marrom e calça de brim. Tinha uns olhos escuros, que brilhavam no rosto enrugado feito tronco de árvore antiga.

— Araújo! Vicente Alves Araújo!

— Ophélia!

O casal deu um longo e apertado abraço e muitos beijos. Quanto tempo! Puxa vida! Que bom ver você! Que saudade!

Depois, Ophélia e Araújo sentaram-se na grama e começaram uma conversa que eu conto porque escutei e vi com meus próprios olhos, mas ninguém acredita, durou simplesmente o dia inteiro.

Os dois falaram sobre tudo. Eram velhos. Tinham duas histórias inteiras, compridas, vividas, cheias de episódios e personagens para contar. Coisas do tempo do onça. Coisas mais recentes. A vida é um voo imenso e encantado, que a gente faz sem saber como começa, pois quando a gente percebe já está em pleno voo, nem como acaba, pois quando a gente vai ver a gente morre. O que interessa na vida é o voo entre o ponto inicial e o ponto final.

— Mas como você está bem!

— E você? Está ótimo também!

— Você continua bonita como sempre!

— Lembra do Rodrigo?

— O Rodrigo Alves? Claro!

— Casou com uma advogada, que nem ele, teve um monte de filhos e hoje está aposentado morando em Itapecerica da Serra. Estive com ele outro dia.

— O Rodrigo era do meu time de futebol. Não vejo esse cara há uns quarenta anos.

— Soube da Madalena?

— Dantas?

— Galvão... Era viúva do Armando, médico, colega do Zé Bento. Morreu. Faz dois meses. Teve um derrame fulminante...

Ophélia falou de seu casamento com José Bento. Da casa no Sumaré. Do filho André, engenheiro químico. Morava hoje na casa dela com a mulher e os filhos. Falou do filho Felipe. Chorou. Sorriu. Contou que tinha três netos lindos: Júlia, Alberto e Maria Lúcia. Contou que era professora primária. Dava aulas numa escola logo ali, travessa da Cardoso de Almeida, perto do restaurante chinês. Falou da morte do marido, há dois anos. Chorou de novo. "Foram quase cinquenta anos vivendo juntos. Você acredita que ele aparece nos meus sonhos todos os dias?" Confessou que andava chateada, pois tinha sido obrigada a se aposentar no fim do ano.

— Ué! Chateada a troco de quê?

Araújo ficou surpreso.

— Ophélia, você queria ficar trabalhando a vida toda? — perguntou ele. — Que é isso, menina? Me aposentei há oito anos e dou graças aos céus!

Araújo contou que depois do colégio entrou para a faculdade de música, estudou arranjo e orquestração e se tornou profissional. Conhecia vários instrumentos, mas se especializou em flauta e saxofone. Disse que no começo tocou muito em festas e casamentos. Tocou em bares e restaurantes também. Deu muita aula de piano e flauta. Depois de um tempo, prestou concurso e entrou para a Orquestra do Estado de São Paulo, sempre tocando flauta e saxofone.

Ophélia quis saber se ele também tinha netos.

— Nem netos, nem filhos!

Araújo sorriu. Disse que teve algumas namoradas, mas nunca se casou de papel passado. Nos últimos dez anos, porém, tinha morado com Gislene.

— Ela era minha colega, tocava violino na orquestra. A gente se gostava, mas brigava muito e acabou se separando no ano passado.

— E você sente falta dela?

— Eu? Que nada! Antes viver só do que mal-acompanhado.

O amigo de Ophélia contou que, para falar a verdade, adorava viver sozinho e que, agora que estava aposentado, se reunia toda quarta e sexta com os amigos músicos e varava a noite tocando e bebendo cerveja.

— Uma delícia, Ophélia! — disse ele entusiasmado.

— Às vezes, a gente se reúne na minha casa, ou na casa de um dos músicos. Outras vezes, a gente toca de graça num bar na Vila Madalena.

Araújo falava e gesticulava:

— É só música brasileira da boa, chorinho, maxixe, samba, bossa nova, só música instrumental. De Ernesto Nazaré a Tom Jobim, passando por Patápio Silva, Pixinguinha, Noel Rosa, Garoto, Jacó do Bandolim, Valdir Azevedo, Ari Barroso e os modernos, como Moacir Santos, Hermeto Paschoal, Wagner Tiso e Egberto Gismonti. Você conhece essa gente bamba?

Alguns, Ophélia só conhecia de nome.

— Então a senhora está convidada para ouvir a gente tocar!

O vento soprava morno. O casal falava sem parar, uma conversa doce e gostosa. Eu ali perto, no alto, só espiando.

Ophélia, de repente, fez cara de quem desconfiou.

— Araújo, você está com quantos anos?

— Vou fazer setenta e oito, por quê?

A velha caiu na risada. Implicou. Disse que Araújo era bom de bico. Que naquela idade devia usar dentadura e não tinha fôlego nem para subir escada de mão quanto mais para tocar flauta.

Araújo ficou roxo. Arreganhou e bateu os dentes fazendo até barulho.

— Dentadura coisa nenhuma! Nunca perdi um único dente em toda minha vida. Se bobear, sou capaz de abrir uma garrafa de cerveja na base da dentada!

Depois, ficou em pé. Olhou a amiga nos olhos. Puxou uma flauta transversal da sacola de couro, que nem eu nem Ophélia tínhamos visto, e veio com uma música tão bonita, mas tão bonita, que nem sei.

Lembro como se fosse hoje. Nossa praça, durante o dia, é um lugar muito calmo. Além da velha mangueira, tem um pau de óleo daqueles imensos e cheios de sombra, primaveras, sibipirunas e jaqueiras. Eu lá no meu canto. A rua estava deserta. Não passava um carro. Só um ventinho manhoso e morno, que ia e vinha batendo nas flores e nos galhos e nas folhas das árvores.

Aquela música maravilhosa saía da flauta às vezes devagar, às vezes corridinha, às vezes doce feito um néctar. Lá de casa, deu para ouvir tudo. Quando Araújo acabou, Ophélia bateu palmas.

— Foi lindo! Puxa vida, fiquei emocionada. É *Chega de saudade*, né?

— É. Música do Antonio Carlos Jobim. Agora vem cá um pouquinho.

Araújo pegou Ophélia pela mão. Os dois foram devagar andando pela praça. Pararam bem na frente da minha casa.

— Tá vendo na árvore?

— Que é que tem?

— Dá uma olhada no tronco dessa mangueira.

Ophélia colocou os óculos de ver de perto. Inclinou-se para a frente com dificuldade. Ficou quieta.

No tronco da árvore, num cantinho do lado esquerdo, estava escrito a canivete:

Araújo ama Ophélia.

Confesso que nem eu mesmo tinha visto aquilo escrito no tronco. E olha que eu nasci, cresci e sempre morei aqui!

— Nossa, Araújo... faz quanto tempo?

— Escrevi isso há uns 64 anos.

Foi quando Araújo contou uma história de deixar qualquer um arrepiado e desesperado, cheio de pena e cabelo em pé. Segundo ele, havia um projeto aprovado pela prefeitura que pretendia acabar com nossa praça. Falou num imenso empreendimento imobiliário. Iam construir um *shopping center* bem aqui!

— Imagine, Ophélia! Vê se tem cabimento!— disse Araújo revoltado. — Construir, numa pracinha deste tamanho, um prédio de quase setenta andares! Nosso bairro é residencial. Essa gente é louca! Estão querendo destruir a cidade. Não vai sobrar espaço verde em lugar nenhum. Só cimento, paralelepípedo e asfalto. Tudo cinza. A cidade virou um lugar pra trabalhar, não pra viver. Pode reparar, Ophélia: trabalhar muito, pra ganhar dinheiro, ver televisão à noite, pra saber o que comprar, sair correndo, parar no primeiro *shopping center*, gastar tudo, voltar pra casa cheio de coisas, sentar na sala, todo mundo em silêncio vendo televisão até a hora de dormir. No dia seguinte, repetir tudo de novo, até um dia morrer e ir para o cemitério. Assim não dá! E olhe que estou falando da fina flor da cidade. A maioria por aí está sem um tostão furado, não tem emprego, não tem casa, não tem água, nem esgoto, nem banheiro em casa, falta escola para as crianças, educação, comida, emprego, uma pobreza miserável. Em vez de construírem escolas e bibliotecas, arranjarem empregos, hospitais, para que todos vivam melhor, vão construir mais um *shopping center*. E logo onde? Aqui! Essa não!

Ophélia não sabia o que pensar.

— Temos que fazer alguma coisa — gritou Araújo, revoltado. — Esta praça é nossa. É dos moradores do bairro. A gente cresceu aqui. A gente estudou aqui. A gente brincou, jogou bola e namorou nesta praça. A gente frequenta esta praça há mais de sessenta anos. Até hoje muita gente vem aqui namorar, estudar, fazer ginástica, jogar bola, se encontrar, tomar sol. Por exemplo, uma árvore que nem esta mangueira, pra ficar desse tamanho demora, sei lá, não sou botânico, mas deve ser quase uns cem anos. Cem anos, Ophélia! Estou falando sério! Quando a gente era criança ela já tinha mais de trinta anos! Agora, assim sem mais nem menos, alguém, um mandachuva qualquer, decidiu acabar com tudo sem perguntar pra ninguém, sem querer saber nada... Sabe o que mais?

Agora o velho falou grosso:

— Olha aqui, Ophélia. Quando eu soube do tal *shopping center,* peguei a lista telefônica e fui atrás dos antigos colegas de escola, vizinhos e ex-amigos do bairro. Foi uma dificuldade. Muitos mudaram. Alguns faleceram. Outros ninguém sabe onde moram. Foi uma sorte achar você. Você conhece esta praça desde menina. Quero sua ajuda. A gente tem que fazer alguma coisa!

Araújo estava vermelho, elétrico, falando alto pelos cotovelos.

— Vão ter que passar por cima do meu cadáver pra acabar com esta praça!

Trêmula, Ophélia enxugou os olhos.

Eu, que nasci na praça, me criei em cima desta árvore, presenciei meu pai construindo nossa casa a duras penas, senti o coração parar, as penas arrepiarem e por pouco não caí do galho.

44

7

— Posso entrar?
— Oi, vó.
— Preciso falar com vocês.
— Entra, vó.
— Olha, eu queria pedir desculpas. Sei que fui muito grossa com vocês outro dia. Não podia ter falado do jeito que falei. Eu não estou nem um pouco cansada de vocês. Minha Nossa Senhora, eu adoro vocês. Vocês são uma coisa muito importante e preciosa pra mim. Dou graças a Deus e rezo por vocês todos os dias. Vocês são meu tesouro. Tenho orgulho de ter netinhos tão lindos, tão inteligentes e tão bacanas como vocês. Fui muito injusta. Vocês me desculpam?
— Vó, você quer ser internada no asilo?

— Que nada, Júlia! Deus me livre e guarde! Não quero de jeito nenhum. Falei aquilo só por falar. Falei da boca pra fora. Sabe, sua avó ultimamente anda muito cansada, muito nervosa. Ando triste, não sei explicar. É coisa da idade, viu? É tudo bobagem, coisa de gente velha. Não liguem, não. É mau humor. A idade chega, a gente começa a sentir dor na perna, dor nas costas, dor aqui, dor ali. Olha no espelho e vê o rosto todo enrugado. Sente cansaço por qualquer coisinha. De repente, quer lembrar uma coisa, não consegue. Isso tudo irrita. Deixa a gente aborrecida e mal-humorada. Naquele dia eu estava assim e, sem querer, acabei descarregando meu mau humor em cima de vocês. Me perdoem.

— Foi por causa da Madalena que morreu?

— É verdade. É isso mesmo. Você lembrou bem, Beto. Olha só como é a velhice. Já tinha até me esquecido. A Madalena era uma amiga antiga, tinha muito contato com ela, a gente se falava sempre pelo telefone. Quando soube que ela tinha morrido fiquei muito abalada. Foi isso mesmo. Aos poucos, a tristeza da morte da Madalena foi se transformando em aborrecimento e o aborrecimento num tremendo mau humor. É coisa da idade. Coisa de velha. Descarreguei tudo em cima de vocês, que não tinham culpa de nada. Vocês me desculpam?

— Vó, quem é o Caramujo?

— Que caramujo?

— Aquele que ligou outro dia, vó! Já esqueceu?

— Ah, sim. É um amigo de infância. Foi meu colega na escola. Conheço ele, deixa eu ver, há mais de sessenta anos.

— Desde o jardim-de-infância?

— Não, desde o ginásio, acho que desde a quinta série. A gente era muito amigo.

— Vó, no seu tempo já tinham inventado o lápis?

— Já. Só que não tinha caneta esferográfica. A gente usava lápis e caneta-tinteiro.

— E a lousa? No seu tempo já existia?

— A professora antigamente era brava?

— Já precisava fazer lição de casa?

— O Caramujo era bom aluno?

— O Caramujo mora em São Paulo ou na praia?

— Quantos anos o Caramujo tem?

— Você quer namorar o Caramujo?

— Vó, conta uma história?

8

Era uma vez um rei jovem e muito poderoso. Morava com sua esposa, a rainha, num castelo de pedra construído no alto de um despenhadeiro.

Um belo dia, a rainha ficou grávida e, para a alegria do rei, dos nobres e do povo, nove meses depois veio ao mundo uma linda criança. Era um menino.

O príncipe, filho do rei, foi crescendo, crescendo, crescendo.

Virou um jovem bonito, forte e muito bem-educado. Mas tinha uma mania: gostava muito de passarinhos. Mas gostava mesmo!

Desde pequeno, quando via um passarinho, o rosto do menino se iluminava e seus olhos ficavam maiores e mais felizes.

Com o passar do tempo, o príncipe já conhecia todas as espécies de pássaros e até conseguia imitar seus diferentes cantos.

O rapaz nunca quis saber de estilingues, armadilhas e gaiolas. Amava a passarinhada. Achava que os pássaros serviam para enfeitar a vida, as árvores, os jardins e o azul do céu.

Certa vez, numa conversa com a rainha e um velho conselheiro real, o rei comentou:

— Não entendo meu filho. Só pensa em pássaros. Não o vejo se interessar por festas, nem por viagens, nem por armas, nem por esportes, nem por negócios. O príncipe só quer saber de cuidar de passarinhos!

Foi quando o velho conselheiro disse:

— Ouça o que eu digo. Vossa Majestade deve deixar o rapaz cumprir seu destino. Não atrapalhe nem crie obstáculos. Não importa que os desejos dele sejam incompreensíveis. Os jovens são assim mesmo. Deixe o príncipe livre para ser o que ele é. Cedo ou tarde ele irá encontrar seu caminho.

No dia seguinte, o príncipe procurou o pai. Tinha uma proposta.

Pediu ao rei que mandasse construir uma casa para os passarinhos. Mas não uma simples gaiola. Queria uma casa grande, uma espécie de viveiro imenso, feito de tijolo e telhado cheio de buracos para que os bichos pudessem entrar e sair quando e como quisessem.

O rei coçou a cabeça:

— Mas filho, pra quê? Isso vai custar caro.

O príncipe insistiu. Disse que era preciso. Argumentou. Ao mesmo tempo que os pássaros precisavam de liberdade, eles também precisavam de conforto e proteção. No fim, o pai acabou aceitando.

A casa de passarinhos foi construída num bosque, perto do castelo.

O príncipe praticamente se mudou para lá. Passava o dia inteiro dentro da casa. Conversava com os passarinhos. Arranjava alimento e água. Cuidava dos que ficavam doentes e, todos os dias, cantava junto com eles.

Como eram milhares, os passarinhos faziam muito barulho e aquilo começou a incomodar o rei e a rainha.

— Estou ficando cansada dessa barulheira, todo o dia, reclamava a rainha.

— Tem cabimento um príncipe ficar enfiado numa espécie de gaiola, conversando com passarinho? — perguntava o rei.

Mas o conselheiro não se cansava de repetir:

— Vossa Majestade deve deixar o rapaz cumprir seu destino. Não atrapalhe nem crie obstáculos. Não importa que os desejos dele sejam incompreensíveis. Os jovens são assim mesmo. Deixe o príncipe livre para ser o que ele é. Cedo ou tarde ele irá encontrar seu caminho.

Mas a zoada da passarinhada foi forte demais. Um dia, o rei não aguentou e teve uma ideia.

Chamou o filho e deu uma ordem. Mandou o rapaz levar uma encomenda para um tio que morava no reino vizinho. Eram três dias e três noites de viagem.

O príncipe obedeceu às ordens do pai.

Assim que o rapaz virou as costas, o rei ordenou que expulsassem a passarada da casa construída no bosque. Depois, mandou tapar todos os buracos com cimento e pedra.

— Quero aquele lugar vazio. Nada de passarinho entrando e saindo. Nada de cantoria de pássaro berrando o dia inteiro!

Quando voltou e descobriu a casa vazia e toda tapada, o príncipe chorou.

O rei e a rainha espiavam a cena do alto da janela do castelo e ficaram espantados.

De repente, o sol ficou escuro. No céu, surgiram milhares e milhares de pássaros de todos os tipos, tamanhos e cores. A passarinhada aterrisou e pousou em volta do príncipe. E o rapaz conversou com cada um, balançou a cabeça e gesticulou muito. Parecia até que estava combinando alguma coisa!

Naquela noite, o filho procurou os pais e anunciou que ia partir.

— Partir? — perguntou o rei. — Pra onde?

— Preciso conhecer a vida e o mundo e dominar a linguagem dos pássaros. Para isso vou viver com eles.

O rei ficou furioso. A rainha chorou. Os dois pediram ao filho que pensasse melhor. Não teve jeito. No dia seguinte, logo cedo, o príncipe foi embora.

Conta-se que foi impressionante ver a figura do rapaz se afastando pela estrada com uma nuvem de pássaros rodeando sua cabeça.

Rei e rainha, muito tristes, mandaram chamar o velho conselheiro. Queriam ouvir sua opinião.

— Com todo o respeito, disse ele, foi uma pena Vossa Majestade não ter escutado meus conselhos. Agora, será preciso ter muita paciência. Agora, infelizmente, o príncipe vai se transformar num pássaro.

Rei e rainha ficaram desesperados.

— É preciso dar tempo ao tempo — concluiu o velho conselheiro. — Garanto que o príncipe ainda vai desencantar e voltar a ser gente. Isso pode demorar, mas vai acontecer. E quem vai fazer seu filho virar uma pessoa de novo será uma mulher.

— Quem é ela? — quis saber a rainha.

— Isso ninguém sabe — respondeu o conselheiro.

Dito e feito. Naquele mesmo dia, em meio a tantos pássaros, o príncipe se transformou num deles e, feliz da vida, saiu voando pelo mundo afora.

Virou um pássaro grande, forte e colorido, com o bico todo dourado.

O tempo passou.

Perto do castelo real, havia um rio e na beira do rio morava uma lavadeira.

Um dia, a mulher lavava a roupa como sempre. Perto dali, sua filha de sete anos brincava de casinha.

De repente, o sol ficou escuro. No céu, surgiram milhares e milhares de pássaros de todos os tipos, tamanhos e cores.

A lavadeira tomou um susto. Quis fugir com a filha para casa, mas não houve tempo para nada.

Do meio da passarinhada, surgiu um pássaro grande, forte e colorido, com o bico todo dourado.

A ave extraordinária deu um voo rasante e agarrou a menina.

— Por favor, pássaro colorido, não leva embora minha filhinha, não!

E a mulher gritou. E a mulher chorou. E a mulher rezou desesperada.

O pássaro sumiu no ar com a menina.

E a ave voou, voou, voou. E a menina gritou, gritou, gritou.

No fim, o animal de bico dourado pousou numa árvore imensa.

— Nunca saia daqui — pediu ele à menina. — Nesta árvore você estará protegida e sua vida será muito boa. Eu e todos os passarinhos vamos cuidar de você. Não tenha medo. No fim, vai dar tudo certo!

A menina chorou muito de saudade da mãe, mas com o tempo acabou se acostumando.

No alto daquela árvore tinha de tudo. Um quarto muito bonito para a menina morar. Comida boa. Livros para ela estudar. E muitos brinquedos para brincar.

— Quando você ficar moça, explicou o pássaro, eu levo você para morar na casa do meu pai.

A menina e o pássaro de bico todo dourado acabaram ficando muito amigos. No dia em que a moça completou quinze anos de idade, o pássaro veio e contou:

— Sou filho de um rei e de uma rainha e fiquei encantado em passarinho. Graças a isso pude voar, conhecer o mundo inteiro e a linguagem dos pássaros. Agora quero voltar a ser gente. Você pode me ajudar?

A menina disse que sim. A ave então explicou tudo direitinho.

Primeiro, levaria a moça até o castelo de pedra no alto do despenhadeiro.

Segundo, chegando lá, a moça devia pedir um emprego.

Terceiro, que a moça trabalhasse e fizesse amizade com o rei e a rainha.

Quarto, que esperasse até o dia em que escutasse um pio assim:

Pirilepiaupiau Pirilepiaupiau Pirilepiaupiau

Era ele. Assim que escutasse aquele canto, a moça devia procurar o rei e a rainha e pedir a eles que preparassem uma festa para os ricos e para os pobres, cheia de comida, dança, música e muita alegria. Tinha que ser a maior festa que aquele reino já tinha visto.

Se o rei e a rainha quisessem saber o motivo da festa, a moça apenas deveria dizer que não sabia de nada.

A filha da lavadeira concordou com tudo e, no dia seguinte, o pássaro a levou até o castelo de pedra no alto do despenhadeiro.

E assim foi.

A moça arranjou emprego no castelo e logo fez amizade com o rei e com a rainha.

O casal real vivia muito triste e, com o passar do tempo, passou a tratar a moça como uma verdadeira filha.

Um dia, a filha da lavadeira chamou a rainha e perguntou o motivo daquela tristeza.

— Eu tinha um lindo filho, respondeu ela chorando.

— Um dia, ele foi embora e acabou se transformando num pássaro.

A moça sorriu e disse:

— Não se preocupe que um dia ele volta.

Tempos depois, a filha da lavadeira estava deitada e escutou:

Pirilepiaupiau Pirilepiaupiau Pirilepiaupiau

Dando um pulo da cama foi correndo procurar o rei e a rainha. Pediu a eles que preparassem uma festa para os ricos e para os pobres, cheia de comida, dança, música e muita alegria. Tinha que ser a maior festa que aquele reino já tinha visto.

O rei estranhou:

— Mas festa para comemorar o quê?

A moça não sabia, mas continuou insistindo.

— Mas filha, pra quê? Isso vai custar caro!

A moça chorou. Pediu. Implorou.

O rei e a rainha gostavam daquela menina como se fosse uma filha.

Mesmo confuso, o rei mandou organizar a festa.

Três dias depois, o castelo estava lotado de gente. Os sinos tocavam. As bandeirolas balançavam contra o vento. A comida e a bebida eram fartas. A música era muito boa. Sem entender bem o porquê, ricos e pobres comiam, cantavam e dançavam.

De repente, o sol ficou escuro. No céu, surgiram milhares e milhares de pássaros de todos os tipos, tamanhos e cores.

A festa parou. As pessoas ficaram assustadas.

Do meio da passarinhada, surgiu um pássaro grande, forte e colorido. Tinha o bico todo dourado.

A ave veio voando e pousou suavemente ao lado da moça.

Para espanto do rei, da rainha, dos nobres e do povo, o animal se transformou no príncipe que, anos atrás, havia partido cercado de pássaros.

A alegria foi geral. Pai, mãe e filho choravam de saudade e emoção. A festa pegou fogo, mas isso não foi nada.

56

Três dias depois, houve outra festa, maior ainda, para comemorar o casamento do príncipe com a filha da lavadeira.

Naturalmente a mãe da moça foi convidada de honra.

Dizem que os noivos foram muito felizes e que viveram a vida cercados de pássaros.

9

Ôi Fernando

Resolvi mandar e-mail. Tudo bem? Mariza? Crianças? Espero todos bem saúde.

Soube dona Maria José você mudou emprego. Fábrica de salsichas? Você é químico, cara! Essa não entendi. Espero mudança para melhor e você esteja faturando rios de $$$$$. Quando der, mande notícia contando direito. Fiquei morrendo inveja. Ando louco arranjar outro emprego. Faço qualquer coisa pra salário melhor. Não aguento mais trabalhar na Infranorma. Já mandei currículo para n lugares. Não adianta. Negócio emprego, só com pistolão ou parente; sem isso nada feito. Você tinha algum conhecido na fábrica de salsichas? Amigo do amigo algum diretor?

Estou mexendo pauzinhos coisa que pode dar um monte de $$$. Eu e outro cara vamos montar restaurante. Ramo comidas dá muito $$$. Veja ideia: restaurante não especializado em nada. Um pouco tudo. Cardápio só pratos sucesso: pizza mussarela, feijoada, strogonoff, macarrão bolonhesa, filé fritas, salada russa, lasanha, hot dog, cheese salada, farofa, misto quente, churrasco e por aí afora. Bebida: chope e refrigerante. Vamos alugar ponto bom perto empresa, repartição pública, prédio escritórios, igreja, hospital, faculdade, procurar cozinheiro ganhe pouco $$$, cozinhe bem e pronto. Fiz contas: por pessoa dá em média uns R$ 3,00 limpos. Restaurante com lugar para quinze mesas quatro lugares. Considerando almoço e jantar, calculo movimento médio duzentas pessoas dia, o que igual R$ 600,00, mínimo. Isso tirando aluguel, pagamento funcionários e material comida. Como a gente não vai dar nota fiscal, nem registrar funcionários quase não tem imposto. Outra coisa: margem de lucro alta. Uma caneca de chopp a gente paga 30 centavos e vende por R$3,00. Multiplica por dez cara! Faturamento mês: mínimo R$18.000,00! Isso pro cara e eu. É grana meu!

E eleições fim do ano? Escolheu seu candidato? Difícil! Cada um pior que o outro! Tudo picareta ladrão. Só querem ganhar $$$$ e faturar em cima da gente. Político só pensa nos seus interesses particulares. O interesse da sociedade que se dane. Dá raiva. Comigo, não! Decidi anular voto. Pra que mudar? Melhor deixar as coisas do jeito que estão. Negócio de política, quanto mais se mexe mais fede.

Minha mãe não anda nada bem. Até a pouco tempo estava ótima, calma, quietinha seu canto. Não dava palpite nada, saía cedo dar aula, voltava, ia pro quarto, ficava lá descansando. Beleza. Dava gosto ver jeito dela. Às vezes nem parecia que estava em casa! Aqui todo mundo caprichando. Pedi pessoal, Solange, crianças, ajudarem em tudo, subir escada, entrar no carro, carregar peso etc. Notícia ruim proibi. Ela velha, coitada. Perna bamba. Já pensou? Leva susto, cai no chão, quebra bacia, aí quero ver. Na idade dela é fogo. Fora o prejuízo $$$ gasto com médico e hospital. Veio excelente notícia escola: ela vai ganhar aposentadoria, descansar, ficar em casa parada vendo tv, costura e tricô, jogar paciência, coisas que ela adora fazer. Assim risco menor. Tudo mil maravilhas mas apareceu sujeito, um tal Araújo, um velho caindo aos pedaços. Colega mamãe tempo ginásio, cara! Parece até a volta mortos vivos. Os dois já saíram juntos várias vezes... Preocupante. Olha situação. Eu, cheio problemas sérios montar restaurante, ganhar $$$, ainda tenho que enfrentar esse assunto. Mamãe está meio caduca, sou responsável por ela. Sei lá quem é Araújo. E se for algum sacana querendo golpe de $$$$ em cima mamãe? Os dois falam telefone dia inteiro. Conta dobrou. Mamãe agitada, nervosa, barulhenta, não para em casa, correndo pra lá e pra cá. Isso não deve fazer bem coração dela. Pedi médico receitar antidepressivo. Ela ficou brava comigo e jogou os comprimidos na privada. O que você acha? Já pensei contratar detetive particular descobrir quem é o sujeito. Será que mamãe está c/ Mal de Alzheimer? Já está com setenta e três. Fernando, manda mensagem dando sua opinião.

Vou parar aqui. Ela acaba chegar. Quero conversinha com ela. Agora mais de meia-noite. Vê se isso é hora chegar! Mande um e-mail. Fico aguardando. Vamos combinar de vocês virem passar uns dias São Paulo.

Abs primo André

10

Araújo e Ophélia marcaram um encontro na terça à noite. Ficou combinado que ia ser na casa de Araújo.

Ophélia pegou o ônibus que sobe a Cardoso de Almeida, vai pela Dr. Arnaldo e desce a Cardeal Arcoverde em direção ao bairro de Pinheiros. Araújo morava na Teodoro Sampaio, 17. O ponto do ônibus fica quase na esquina da Oscar Freire.

Ophélia desceu e foi a pé, olhando o céu estrelado. Pensava em dez coisas ao mesmo tempo. A noite estava quente e, àquela hora, a rua ainda estava movimentada, automóveis e ônibus levando gente de volta para casa.

Uma gataria nojenta fazia barulho em cima do muro, miando e, para variar, dando unhadas uns nos outros. Um homem de pijama abriu a janela e jogou um rádio a pilha ligado em cima dos infelizes, que sumiram arrepiados. Parecia uma pedra falante. Lá de dentro veio uma voz de mulher:

— Que mania, Saraiva! Precisava jogar logo o radinho que mamãe deu? Outro dia, foi o toca-fitas importado; depois, o relógio de cabeceira; ontem, nossa máquina de calcular novinha em folha. Assim, onde a gente vai parar? Estou vendo a hora que você vai atirar pela janela nossa tevê em cores 29 polegadas!

Ophélia foi pela Oscar Freire, subiu a Teodoro, passou por um bar onde um grupo de motoristas de táxi conversava e jogava palitinho. Do outro lado, o Cine Esmeralda anunciava com todas as luzes a estreia do filme *Amor em chamas*.

Antes de chegar à Escola de Medicina, deu com um muro alto coberto de trepadeira e um portãozinho azul-claro. Era o 17. Numa placa de madeira desbotada estava pintado:

Afaste-se! Não se aproxime! Cuidado! Perigo!
Proibida a entrada!
Toque a campainha!

Ophélia tocou. Araújo apareceu sem camisa, risonho, de calção e sandália havaiana:

— Omberlaus! Combermomber vausinis vombercenter?

— Tufterdomber auszufterl, senterufter bomberbomber auslentergrenter!

Os dois caíram na gargalhada. A lua ficou até mais bonita.

— Entre madame, a casa é sua...

Ophélia atravessou o portão alto de madeira. Do outro lado, havia um matagal escuro e cheio de árvores, árvores e mais árvores, jacarandás, paineiras, buritis, quaresmeiras, unhas-de-vaca, laranjeiras, jabuticabeiras, bananeiras, pitangueiras e romanzeiros, misturadas com trepadeiras, palmeiras, coqueiros, samambaias, xaxins, bromélias e cipós. Apesar de o terreno não ter mais do que uns vinte por trinta metros, a professora teve a impressão de que estava penetrando na Floresta Amazônica.

Entre as folhagens havia uma trilha, quase invisível. Araújo fez um gesto para que Ophélia o seguisse. Era preciso proteger o rosto contra os galhos e cipós. O matagal dava medo, mas exalava um perfume delicioso. Depois de um tempo, chegaram a uma clareira onde havia uma casinha pequenina. Na frente, varanda com rede pendurada. Na parede, um violão de doze cordas. Um papagaio espiava do poleiro.

— Chegamos... — disse ele, oferecendo uma cadeira de palhinha.

— Mas... que lugar simpático! Você... mora... assim?

— Assim como?

— Bem... assim... aqui?

— Já jantou?

— Já.

— Aceita um cafezinho?

Ophélia fez que sim com a cabeça enquanto olhava admirada para todos os lados.

Araújo vivia numa espécie de casa de caboclo urbana. A casa térrea e pequena tinha varanda, sala boa, dois quartos, cozinha e banheiro. Paredes de barro batido, ripas de madeira trançada, toda caiada, telhado de sapé, janelões grandes que se fechavam apenas com uma chapa de madeira, sem vidro nem nada. Piso? De cimento rústico, coberto por uns tapetinhos coloridos.

Passando a varanda, vinha uma sala gostosa com mesa, quatro cadeiras, uns almofadões para sentar, um sofá velho, um armário para guardar louças, duas estantes altas com livros até o teto, discos e CD's. Pelas paredes, muitas e lindas xilogravuras nordestinas. Num canto, um piano de caixa e vários instrumentos de sopro pendurados num suporte de ferro. Tudo isso cercado por vasos de cerâmica, enfeites de madeira, um arco-e-flecha e um tacape presos na parede, um aparelho de som, partituras espalhadas por todo canto, dois baús de madeira e muitas flores. Atrás de uma das cadeiras, uma cobra grande empalhada deitada no chão.

— Abram alas! — disse ele. — Olha o cafezinho fresquinho com beiju!

— Hum! Seu fogão é a lenha? Que cheirinho! Nossa... faz séculos que não como beiju...

Os dois sentaram nos almofadões.

— Araújo... que delícia de casa! Que sossego! Parece até que a gente está fora da cidade. Me diga uma coisa. O que é aquela placa lá fora escrito "perigo"?

— Ah! Isso... Anos atrás — iniciou ele pigarreando um pouco —, fiz uma viagem pelo interior, lá pelas bandas do norte de Mato Grosso, bem depois de Lucas do Rio Verde. Um matão virgem daqueles. Era noitinha. Dei com uma cabana e pedi pousada. Uma família de caboclos morava ali, isolada do mundo, sem luz elétrica nem nada, vivendo de caça, pesca e das coisas do mato. Uma gente boa que só vendo, Ophélia. Deram um jeito e arranjaram um cantinho pra eu dormir. Estava exausto. Arriei a mochila, dividi uma comida que tinha pronta com eles, deitei na rede e dormi feito pedra. Acordei no outro dia com o sol já quente. Estiquei os braços, bocejei, olhei distraído pro teto. Na madeira que prendia o telhado de palha estava enrolada uma baita cobra. Imagine meu susto. Dei um pulo da rede, peguei a espingarda, armei e fiz pontaria. Nisso aparece um menino, filho do caboclo, gritando "Não, não, não, moço, num mata a Lindoia não que ela é nossa filhinha!". Descobri que por lá é comum o pessoal domesticar cobras como a jiboia. Viram bicho de estimação das crianças. Mansinhas.

— Nossa...

— E com a vantagem de não sujarem a casa, afastarem ratos e comerem só uma vez por mês...

— Não diga! O que é que elas comem?

— Mixaria... Gatos, ratos, lagartos... bichos pequenos que não servem pra nada. Mais tarde, em outra viagem, arrumei um filhote de jiboia, trouxe pra cá e dei o nome de Lindoia. Uma homenagem.

— Você... tem cobra aqui?

— Olha ela lá, dormindo embaixo da cadeira.

Ophélia parou de tomar café. Colocou a xícara na bandeja. Virou a cabeça devagar.

Examinou a cobra empalhada, enrolada debaixo de uma cadeira, perto do piano, um minhocão enorme e imóvel.

— Você está brincando, Araújo. Esse bicho está vivo?

— Não precisa ter medo, Ophélia. A Lindoia é um doce de coco. Está comigo desde que nasceu. A placa lá fora foi brincadeira. Isso não morde ninguém. Cobra dorme o tempo todo. Com a pança cheia, então, nem se fala. Agora, não pense que é um bicho indiferente, que não liga pro dono. Se, por acaso, eu saio e demoro, ela fica aflita me procurando pela casa. Quando chego, sempre preparo pra ela um pouco de chá de camomila com açúcar. Por falar nisso, que dia é hoje?

— Terça — balbuciou a professora, olhos fixos na cobra imóvel.

— Eu sabia! Hoje é dia de a Lindoia papar.

Ophélia olhou bem para o amigo e caiu na risada.

— É tudo brincadeira! Eu sabia! Você quase me pega, Araújo. Imagine! Uma cobra jiboia dentro de casa!

— Espera um pouco — respondeu Araújo.

Entrou num dos quartos e voltou com uma gaiola, dessas que, infelizmente, se usam para prender passarinhos, cheia de ratinhos brancos.

Ophélia ajeitou os cabelos.

Araújo aproximou-se da cobra. De joelhos, abriu a gaiola e soltou um rato.

O animalzinho ficou meio perdido, andando feito barata tonta, sem saber para onde ir. De repente, a jiboia empalhada levantou a cabeça e, num ataque violento, engoliu o rato. O rabinho cor-de-rosa ainda ficou se mexendo do lado de fora da boca antes de desaparecer completamente no bucho da serpente.

Ophélia gritou "Cruz credo, minha Nossa Senhora!" e fugiu para a varanda.

Araújo ainda soltou mais três ratinhos. Os três foram devorados do mesmo jeito.

— A gente come carne de vaca. Jiboia come carne de rato. Fazer o quê? — perguntou o velho, levando a gaiola de volta para o quarto.

Com cuidado para passar longe da cobra, Ophélia voltou e sentou-se de novo na cadeirinha de palha e resolveu puxar outro assunto.

— Como é que você mora logo aqui, Araújo, na Teodoro Sampaio, e eu nunca vi você? Passo por aqui de ônibus quase todo dia...

— E olha que eu moro, deixa eu ver, vai fazer bem uns trinta anos. Herdei esse terreno do meu falecido pai. Quando ele morreu, eu tinha voltado de uma viagem pelo Norte, onde vivi durante alguns meses com os índios...

— Não diga!

— Sim, morei oito meses numa aldeia Kamaiurá, perto da lagoa de Ipavu, no Parque Nacional do Xingu. Uma experiência, por sinal, fascinante. Está vendo este arco preto preso na parede? Ganhei de um índio, Ambrósio Kuluene, que depois virou um grande amigo. Aquela flauta também. Chama Jakui. É mágica. Só pode ser tocada por homens. Quando voltei, comecei a procurar um lugar para morar. Meu pai tinha morrido e me deixado esse terreno. Sou músico. Nunca tive muito dinheiro. Minha primeira ideia foi vender e, com o dinheiro, comprar um apartamento pequeno. Depois pensei. O terreno fica na rua Teodoro Sampaio. Achei que isso era um sinal. Esse Teodoro Sampaio foi um tremendo estudioso das coisas de nossa gente, um homem que andou por essa terra toda, um dos primeiros a estudar a língua tupi. Eu também sempre gostei de cultura popular, da arte do povo, das culturas indígenas. Voltei ao terreno. Tinha sido do meu avô e nunca haviam cortado as árvores nem o mato. Tem árvore aqui com muito mais de cem anos. Entrei no meio do matagal, senti aquele cheiro denso e úmido. De repente, veio uma voz dentro de mim: "Este é o seu lugar!" E foi assim, Ophélia. Construí esta casinha, substituí as plantas que estavam fracas ou mortas, plantei muitas outras e, digo a você, sinceramente, não me arrependi até hoje.

70

Quando falava, Araújo parecia mais jovem. Seus gestos eram largos, decididos, a voz firme. Ophélia olhava aquele amigo a quem não via há tanto tempo. Que figura! Quanta alegria de viver!

— Araújo... puxa... parabéns! Que vida! Quanta coisa! Músico, sertanista, conhece o interior do nosso país, a cultura do nosso povo...

É que Ophélia adorava esses assuntos. Na escola, dava aula de folclore para a criançada mais velha. Lembrou até uma lenda sobre as jiboias:

— Dizem que, antes de ela dar o bote, solta um suspiro misterioso que desmancha o sangue da vítima!

Olhou para a cadeira, preocupada. A serpente tinha sumido.

— Sabe, Ophélia — disse Araújo —, a gente aqui na cidade está tão obcecada em trabalhar, subir na vida, falar inglês, fazer leitura dinâmica, aprender informática e tudo só para ganhar dinheiro e poder comprar, comprar, comprar. As pessoas não querem saber se a vida dos outros está boa, se a sociedade é justa ou injusta, se a vida tem ou não sentido. Elas só pensam em assistir à televisão para ver os anúncios e depois se empanturrar de tênis, carros, eletrodomésticos... sei lá! As pessoas nem sabem mais o que é ser um cidadão. As pessoas se contentam em ser apenas consumidoras. Só sentem prazer quando compram coisas e as consomem. Cadê o prazer de existir, respirar, sentir o corpo, encontrar pessoas, amar, ter saudades, dançar, ficar de papo pro ar? Cadê o sonho de construir uma sociedade melhor e mais justa onde todos possam trabalhar, ter uma vida digna e ser felizes? A vida virou uma rotina automática, todo o dia a mesma coisa, a pessoa não consegue ver mais nada, sentir nada. Não tem tempo pra família, não conhece os vizinhos. Esquece a cidade e até o país em que está! Esquece não, ignora! Não sabe o que tem nem o que não tem. Como está nem pra onde vai. Só pensa em seu próprio umbigo e em ganhar mais dinheiro. De que adianta ser rico numa sociedade tão injusta com pais de família sem estudo, sem saúde e sem emprego? Com crianças fora da escola e passando fome?

Araújo cruzou as pernas no almofadão.

—Veja o caso dos índios. Esses então... É criminoso! Estão acabando, morrendo pelo mato, cheio de doenças. Alguém está ligando? Estão roubando as terras deles para cortar madeira, plantar soja ou extrair minérios. Querem que eles se acostumem ao nosso tipo de vida da noite pro dia. E a cultura deles? E as religiões deles? E os segredos que eles sabem? E os jeitos que eles inventaram para viver no mundo? Está vendo aquela madeira presa na parede? Dê uma olhada...

Ophélia levantou-se. Colocou os óculos. Era um pedaço velho de tronco de jatobá. Nele estava escrito:

Onça existe para ficar no mato, para comer bicho e também para enfeitar a mata; pássaros e passarinhos, para ficar na árvore, para se criar, dar penas e, alguns, para se comer; peixe, para ficar na lagoa à espera de quem os queira pescar. História existe para ser contada pelos velhos. História de índio é como a de civilizado. Serve para que se conheça como se fazem as coisas, para não esquecer o antigo, enfim, para não acabar. Gente serve para ficar em pé, trabalhar, namorar, casar e ter filho.

— Ouvi isso numa conversa com o chefe Kamaiurá — continuou Araújo. — Achei certo. Achei bonito. Anotei pra nunca mais esquecer. Não devia haver uma escola em todo o território nacional, do Oiapoque ao Chuí, que não tivesse pelo menos um professor índio contratado, pintado, de tanga, borduna, arco-e-flecha e sabe ensinando o quê? Lições da natureza, coisas da vida e da morte, as relações do homem com os animais, as plantas e os astros, noções sobre nosso corpo, nossas energias, nossa terra, para que servem os bichos, as plantas, histórias da lua e das estrelas. Ophélia, por que você não propõe isso na sua escola?

Ophélia imaginou um índio pintado e pelado dando aula pra criançada.

— Araújo! Que ideia maravilhosa! Para os alunos ia ser uma riqueza. Ver a diferença entre o namoro dos índios e o namoro de gente da cidade. Como são os casamentos lá e cá. Como são as famílias. Quais as histórias eles contam à noite. Como é a religião deles. Como as crianças índias são educadas. Como são as leis. Como eles lidam na tribo com os interesses individuais e os interesses coletivos.

Os olhos da professora sonhavam:

— Os alunos podiam inclusive, de vez em quando, fazer excursões onde o índio explicaria melhor as coisas do mato. Já pensou acampar na Serra da Mantiqueira com um índio? Ia ser uma lição pro resto da vida!

Araújo sorriu.

— O dia em que isso acontecer vai ser tudo diferente. Ninguém vai querer acabar com praças nem com árvores. Garanto que as cidades vão ser menores, sempre perto do mato, as pessoas menos apressadas e mais preocupadas com o bem-estar de todos, cobras andando soltas nas ruas, escolas para todo mundo, todo mundo vai ter horta em casa, bibliotecas e museus, muitas flores, leite de vaca no pé, conservatórios musicais, nada de viver feito máquina desumana, só pensando mecanicamente em comprar, comprar, comprar... Vamos fazer uma batida de maracujá? Tenho uma pinguinha, que comprei em Silveiras, que é um troço.

— Ajudo você a fazer, mas não vou beber. Não posso. Bebida alcoólica me dá enxaqueca.

— A gente faz uma bem fraquinha.

— Então tomo um gole só pra fazer companhia.

Enquanto preparavam a bebida, voltaram ao assunto da praça.

Ophélia contou que tinha ido à prefeitura duas vezes para nada. Primeiro não lembravam que praça era. Depois, disseram que aquilo era assunto encerrado. O decreto já havia sido assinado pelo prefeito.

— Vamos ter que engolir esse sapo, meu caro — disse ela balançando a cabeça. — Se até o prefeito já autorizou. Chegamos tarde.

Araújo bebia calado, falando sozinho.

— Faz quase sessenta anos... a gente namorou... agora...

— Como?

— Nada. Estava pensando aqui comigo. Sabe, Ophélia, acho que vai ter que ser no muque.

— No muque?

— No muque. Na marra. Não sei... Vamos fazer o seguinte. São vinte pra meia-noite. Vai pra casa e vê se tem alguma ideia. Eu também vou ficar aqui pensando. Na segunda-feira eu ligo, aí a gente decide.

Levantou o copo.

— Posso contar com você nesta luta?

— Claro.

— Até o fim?

— Até o fim.

— E se a gente tiver que enfrentar coisa grossa? Você topa?

— Topo!

— Então... tintim...

— Tintim.

11

— O papai, hein?
— É fogo!
— Quando chega em casa assim... sai debaixo!
— Também, Beto, você fica enchendo...
— Ah, vá! Só porque eu disse que a vovó estava paquerando o Caramujo?
— Agora foi todo mundo de castigo. Eu, que não dei um pio, acabei entrando no rolo.
— Por que será que o Caramujo chama Caramujo?
— Vai ver ele veio de Santos.
— Ou então tem cara de mujo.
— O que é mujo?
— Sei lá. Melhor cara de mujo que cara de mijo. Sabe outro dia, Júlia? Foi de tarde. A vovó deu comida e colocou a Maúcha no berço. Depois, ficou treinando ginástica.

— Ginástica? A vovó?

— Você estava na casa da Adriana. Eu estava no quarto lendo gibi, escutei um barulhão, fui correndo; estavam lá as duas de tênis, pulando e suando. Precisa ver!

— Quem?

— Vovó e dona Otília.

— Puxa... vou perguntar a vovó se eu posso fazer junto.

— Ela disse que só ensinava quem pedisse naquela língua maluca de ausmaustrufter e sei lá mais o quê... Me ensina?

— É fácil, Beto. Sabe as vogais, o a-e-i-o-u? Então. Em vez de "a" fica aus, "e" é enter, "i" é inis, "o" é omber e "u" é ufter. Por exemplo: vovó fica vombervomber.

— E Beto?

— Bentertomber.

— E Caramujo?

— Causrausmufterjomber.

— Nossa! Escreve pra mim num papel, amanhã?

— Taus.

— Hã?

— Nausdaus.

— Para... quer parar? Sua... chaustomber!

— Olha aí! Viu como é fácil? Já aprendeu! Só que, em vez de chaustomber, é chaustaus. Sou do sexo feminino.

— Deve ser um sarro a casa dele... Viu vovó contando?

77

— Tem cobra de verdade!

— Ela disse que a cobra dorme embaixo da cadeira.

— Papai acha que o Caramujo é meio tantã.

— Será que lá tem jacaré?

— Pode ser. Vovó contou que parecia a Floresta Amazônica.

— E se a gente pedisse um filhote?

— De quê?

— De cobra.

— Mamãe não ia deixar.

— Mas o Caramujo pega até no colo!

— Podia dormir aí na gaveta, junto das meias.

— Dava pra gente arrumar uma coleira e passear com ela na praça. Já pensou?

— Acho que o papai não está gostando nem um pouco dessa história de Caramujo.

— E se a vovó namorar e depois casar com ele?

— Nossa!... Aí o Caramujo ia virar... pai do papai!!!

— Cruzes! O papai vai ficar doido da vida!

— Já pensou a vovó grávida? O filho ia ser... irmão do papai!

— Será que nesse caso precisa usar fralda que nem um bebê normal?

— Papai ia ter um chilique!

— Caramujo não carrega a casa nas costas?

— Carrega. Por quê?

— Nada. Estava só pensando...

12

— Tudo bem, André?
— Por quê?
— Você hoje chegou com uma cara... algum problema?
— Sei lá, Solange... ando preocupado...
— É o restaurante?
— Também. É uma dificuldade arranjar um ponto bom. Precisa ser perto de empresas, universidades, repartições públicas, esse tipo de coisa. Não está nada fácil. Nesses locais, os aluguéis são caríssimos.
— Você acaba achando. É uma questão de batalhar um pouco.
— Às vezes, dá vontade de desistir e ficar na Infranorma mesmo. É tanto problema, tanta chateação, tanto aborrecimento...

— Que aborrecimento?

— E essa história da minha mãe? Você nem sabe! Ontem ela chegou em casa à meia-noite e, pior, com bafo de pinga!

— Bafo de pinga? Sua mãe? Que é isso, André! A dona Ophélia chegou em casa bêbada?

— Bêbada também não, mas, Solange, voltar pra casa à meia-noite? Ficar enchendo a cara por aí sei lá com quem?

— André, tenha dó! Enchendo a cara! Sua mãe não bebe. Ela tem enxaqueca. Além disso, já tem idade suficiente para saber se cuidar. Ela sabe muito bem o que faz. A coitada foi só dar uma volta na casa do tal amigo e se deu um golinho de alguma bebida foi muito. Meu Deus do céu! Também não é nenhum fim do mundo!

— Na casa do tal amigo! Minha mãe tem mais de setenta anos, Solange! Será que você é cega? Uma pessoa dessa idade já está mais pra lá do que pra cá. Pode tropeçar e cair a qualquer momento. Quer saber a verdade? Acho que ela não anda muito boa da cabeça...

— Não é o caso de sua mãe e você sabe disso, André! Ela dá aula!

— Dava!

— André, o que é isso? Sua mãe está ótima! Até outro dia o dr. Tito...

— Sim, mas e se acontecer alguma coisa, Solange?

— Como o quê, por exemplo?

— Sei lá! E se ela encher a cara, tropeçar na calçada, sofrer um acidente e quebrar a bacia ou o fêmur? E se ela bater com a cabeça no chão e tiver um derrame? E se...

— E se um avião estiver caindo agora mesmo em cima da nossa casa neste exato instante? Espera aí, André. Não vamos exagerar!

— E o que você me diz do tal "amigo" dela, esse Araújo que ninguém conhece nem sabe quem é?

— Ninguém, vírgula! A gente não conhece, mas ela conhece! O cara foi colega dela na escola!

— Solange, você não ouviu o que minha mãe contou? O cara é um tremendo pé-rapado. O cara mora num barraco, num terreno baldio! Além disso, é um baita de um mentiroso...

— Mentiroso por quê?

— Você acha que alguém ia ter uma jiboia de verdade dentro de casa?

— Ué! Sua mãe falou que viu, André!

— Viu nada! É o que eu digo. Minha mãe não está bem. A coitada já está meio lelé. Não está mais falando coisa com coisa. O cara deve ter dado um monte de pinga pra ela. Aí ela viu até cobra jiboia fumando!

— Não fala bobagem, André! Você está é com ciúme!

— Ciúme? Eu?

— Ela é viúva. O cara vive sozinho. E se, de repente, ela se apaixonar pelo Araújo e os dois começarem a namorar?

81

— Cala a boca, Solange! Larga de falar besteira. Que é isso! Minha mãe tem quase oitenta anos!

— Mas, André... E daí?

— Escuta bem o que eu estou dizendo... tenho quase certeza... o cara deve ser um golpista... encontrou o nome da minha mãe na lista telefônica.... descobriu que ela tinha ficado viúva e era dona de uma casa no Sumaré... agora quer dar o golpe do baú. Fica com a velha e com a casa!

— André, tem horas que eu acho você um lixo!

— Tudo bem! Queria ver sua mãe paquerando um cara que você nem sabe direito quem é e voltando para casa de madrugada toda alegrinha com a cara cheia de cachaça!

13

— Levanta aí, velha!

Era meio da noite. Uma mão grande, branca e peluda, com cheiro de gasolina e suor, apertou o pescoço de Ophélia.

— Vamo aí!

O vulto era enorme.

— Na moral, velha, acho bom agilizar. Se gritar, toma chumbo no meio da boca!

O homem arrancou Ophélia da cama e foi empurrando a coitada para fora do quarto.

Os dois seguiram pelo corredor e desceram as escadas.

Eram três da madrugada. As luzes lá embaixo estavam acesas.

Amarrado e amordaçado, André estava caído num canto da sala, perto da porta da cozinha. O sangue escorria de sua cabeça e do nariz. Seus olhos trêmulos pareciam tochas acesas de pavor.

Um homem, com revólver na mão e um capuz preto cobrindo o rosto, passou empurrando Júlia e Beto. Trancou os dois no lavabo e ameaçou:

— Se alguém gritar aí eu apago os dois e faço virar presunto!

Além do gordo de mão peluda e do homem encapuzado, mais dois sujeitos, mascarados e armados, vasculhavam a casa.

— Cadê os dólares, dona? — perguntou o gordo.

O rosto de Solange estava branco e frágil feito papel.

— Moço, por favor, a gente não tem dinheiro em casa...

Um quinto homem, com um pano vermelho amarrado no rosto, desceu as escadas carregando o computador que ficava no quarto de André.

No sofá grande, Maúcha, de apenas um ano, dormia, chupeta na boca, enrolada num cobertor.

Veio uma espécie de tontura. O coração de Ophélia começou a bater fora do compasso. De repente, tudo passou a acontecer em câmara lenta e as vozes das pessoas tornaram-se pastosas e incompreensíveis.

A professora tomou um safanão na nuca e foi jogada numa das cadeiras da mesa de jantar.

— Na moral, dona — gritou o gordo para Solange. — Passa toda a grana que vocês tiverem. A gente não quer

machucar ninguém, mas a gente tá com pressa. Passa
essa grana logo senão vai ficar ruim pra vocês...

As lágrimas escorriam do rosto de Solange. Sua boca
tremia, abrindo e fechando em silêncio.

No chão, André sangrava, gemia e chorava.

O gordo começou a passear a ponta do revólver
no rosto da moça.

— Acha uma graninha pra gente aí, dona fofinha!

Uma fraqueza começou a tomar conta do corpo
de Ophélia. Parece que ela estava caindo num poço
escuro. Junto dela, despencavam seu filho, sua nora,
seus netos, sua casa, seu quarto, suas lembranças,
tudo e todos girando num redemoinho escuro e sem
nexo.

Foi quando vislumbrou alguma coisa do lado de
fora da janela. A cena foi rápida, mas o que ela viu de
relance foi o rosto de Araújo. Estava pintado, com uma
faca na boca e um cocar de penas na cabeça.

Ophélia pensou que estava tendo alucinações.
Examinou a janelinha lateral. Viu de novo a mesma
imagem, agora mais nítida. Era mesmo Araújo. Parecia
estudar uma forma de entrar na casa sem que os bandidos percebessem.

Um grito desesperado ecoou na casa do Sumaré.
Um dos bandidos explodiu na sala com uma jiboia enrolada em seu corpo. A cobra já tinha engolido a parte
de cima de sua cabeça. O homem corria pela sala, san-
grando em zigue zague, feito pela mula sem cabeça.

Neste instante, Araújo, de surpresa, invadiu a sala. Vinha de tanga, gritando e dando facadas para todos os lados.

Ophélia ficou surpresa. O corpo de Araújo era jovem, rijo e musculoso.

Feito insetos, os bandidos tentavam escapar.

Araújo acertou a cabeça do gordo peludo com o tacape que ele levava na outra mão.

O bandido desabou imenso e desacordado, feito uma geleia molenga, no tapete da sala.

Rápido, Araújo cortou as cordas que prendiam André, que arrancou as roupas, ficou de cuecas e também entrou na briga.

Foi uma pancadaria daquelas!

Júlia e Beto apareceram na sala e riam às gargalhadas batendo palmas.

Ophélia agarrou um rolo de macarrão e rachou no meio a testa do bandido encapuzado que...

— Vó... você está dormindo rindo?

Eram Júlia e Beto, parados na beira da cama de Ophélia.

— Vó... acorda... acho que você tava sonhando...

14

Ser pássaro tem suas vantagens e desvantagens. Difícil dizer quem é melhor: os pássaros ou os homens. Por exemplo, as roupas mais lindas que existem na Terra são, sem sombra de dúvida, primeiro as dos pássaros, segundo as dos peixes, seguidas de perto pelas das borboletas. O resto... O homem, coitado, nasce pelado. Sem nada. Nu e cru. É vergonhoso. O ser humano precisa fabricar suas próprias roupas. É verdade que no frio ele veste cueca, sapato, camiseta, chapéu, calça, gravata, suéter, carteira, paletó, cachecol, chaveiro, luvas, óculos, flauta, fósforo e acaba se dando bem. Já os pássaros... um joão--de-barro como eu, por exemplo, quando chega o inverno, aquela garoa fina que não para, o vento cortando gelado, um frio de rachar. Se o passarinho for desatento e não se cuidar, pode virar um picolé de penacho.

Na questão da voz, os homens que nos perdoem, mas os passarinhos são, de longe, os melhores. Não que os humanos cantem mal. Há sempre uma meia dúzia de uns quatro ou cinco que conseguem cantar, mas, esses, a gente conta nos dedos. A maioria dos seres humanos não canta e, quando canta, desafina. Interessante. Quando os homens são pequenos, cantam e dançam muito bem. Depois, crescem e desaprendem, ficam encabulados. Quase todos os passarinhos cantam, brilham e encantam.

Outro ponto importante é a questão da chegada ao mundo. Homens não sabem e, até hoje, nem descobriram como se faz para botar ovos. Jogam suas crianças no mundo, inteiras, prontas, de uma vez. As coitadas, além de peladas, chegam assustadas, ensanguentadas, chorando aflitas. Os filhos dos homens pensam que estão morrendo quando estão nascendo. Nós, passarinhos, temos um jeito muito mais evoluído para colocar os filhos no mundo. Primeiro, botamos ovos. É uma fase intermediária. Nela, a criança nasceu e não nasceu. No período em que está dentro do ovo, o bebê vai se acostumando com a vida lá fora, escuta os barulhos, acompanha as conversas dos pais e vai construindo, pouco a pouco, sua vontade de nascer. O homem é um bicho infeliz, pois nasce sem querer nascer. O pássaro não. Pensa, mede os prós e os contras e decide. Só após sua decisão, tomada com consciência, ele quebra a casca do ovo com o bico. Basta observar que os pássaros não nascem pelados feito os pobres homens. Já entram no mundo com suas lindas penas coloridas. Não tenho dúvida, é um nascimento muito mais maduro e evoluído.

Melhor nem falar no ato de voar. Nesse ponto, os homens sempre tiveram inveja dos pássaros. Olhavam a passarada voando e ficavam pensando e se perguntando: por que eles conseguem e nós não? Um dia, depois de muitas tentativas fracassadas, inventaram esses famigerados aviões que passam pelo céu fazendo sujeira e estardalhaço. O problema é que aquilo não é voar. Nem de longe. Nunca foi. Voar é um assunto especial e delicado que tem que ser feito pelo próprio corpo. É um ato de amor. É feito andar, sonhar, respirar, delirar. É feito comer, também. Pra voar de verdade, é preciso ter asas vivas de músculos, nervos e ossos. Os aviões podem conseguir carregar pessoas pra lá e pra cá, mas e o prazer? Sentir o vento no rosto, aquele medinho gostoso, o corpo boiando no ar, subindo, descendo, subindo, descendo... Voar é impossível de explicar e de colocar em palavras. Só voando mesmo. Os homens se acham inteligentes, dizem que são animais racionais... Inventaram o guarda-chuva, a flauta, o binóculo, o telefone, a lanterna, o pão, as plantações, o telhado, o alpiste em saquinho. Mas que dizer das espingardinhas de chumbo? Das queimadas nas florestas? Dos malditos estilingues? Das gaiolas que prendem e escravizam? Dos serrotes e machados criados só para derrubar árvores? Das fábricas que sujam os rios e fazem uma fumaceira que Deus me livre? Elas por elas não vejo vantagem.

Pra falar a verdade, acho a humanidade meio metida a besta. Só uma coisa dá gosto de ver e a gente tem que reconhecer: os homens conseguem se reunir e fazer um trabalho juntos. Poucos animais conseguem isso. Abelhas e formigas fazem, mas os homens, nesse ponto, são imbatíveis. É impressionante! Surge um imprevisto, eles se reúnem, conversam, se organizam, fazem um plano, se dividem, você faz isso, eu faço aquilo, e a coisa sai. É de tirar o chapéu.

Moro nesta árvore desde que nasci. Vi meu pai construindo nosso lar com muito sacrifício. Outros passarinhos vivem por aqui, caçam insetos na praça, comem frutas, dependem desse espaço para viver.

Por causa da conversa de Araújo e de Ophélia, soube que estão querendo acabar com a praça, construir um prédio em cima da mangueira onde moro. Agora eu pergunto: algum passarinho vai fazer alguma coisa, mover uma pena? Nada. Cansei de voar por aí explicando o caso, tentando bolar um plano de ação, qualquer coisa. Ninguém quis saber. O pessoal não está nem aí. Acontece que passarinho só pensa em si mesmo. Cada um preocupado em caçar suas minhocas, cuidar de seu ninho, comer suas frutas e fim. É como se sua vidinha fosse o centro do mundo. O resto, o mundo em volta, faz de conta que não existe. O resto que se dane. Dá vontade de agarrar um passarinho pelas penas do pescoço: "Olha aqui, ô meu! Não vê que, se hoje é comigo, amanhã é com você? Que se hoje estou passando necessidade amanhã a coisa pode virar pro teu lado? Que vai chegar o dia em que não vai haver uma árvore na cidade? E aí? Como vai ser? A gente vai morar em telhado feito os pombos? A raça de onde vieram os pombos-correio? Aqueles bichos que gostam de ser escravos, a vergonha dos passarinhos?".

Isso tudo eu estava pensando na madrugada daquela terça-feira. Não conseguia nem dormir. Saber que minha árvore seria derrubada, que minha casa ia pro beleléu, minhas coisas, meus guardados, meus planos, tudo... Sentia um buraco frio queimando dentro do peito. Um sentimento de impotência. Uma vontade louca de chorar.

Como a noite estava quente e eu não conseguia pregar o olho, resolvi sair um pouco de casa para espairecer. O céu estava nublado e estrelado ao mesmo tempo. Tudo parado em silêncio. E dizer que no dia seguinte... Foi quando escutei um ruído distante. Passos. Alguém vinha vindo lá longe a pé. Pensei no guarda-noturno. Àquela hora só podia ser. O som dos passos foi crescendo. Um vulto veio se aproximando. Não dava para enxergar direito. O vulto trazia alguma coisa, uma mala grande e pesada. Atravessou a rua, entrou na praça e veio em direção à minha casa. Era Araújo. Parou embaixo, largou a mala, sentou ao pé do tronco para descansar. Parecia cansado. Esticou as pernas, suado. A mala devia pesar um bocado. Tirou uma flautinha de bambu do bolso e começou a tocar. Eu, que estava daquele jeito,

91

senti o coração mais leve, mas durou pouco. O amigo de Ophélia parou de repente e foi correndo abrir a mala. Horror dos horrores! Lá de dentro, devagar, começou a sair uma coisa imensa e assustadoramente mole...

— Lindoia, Lindoia! — dizia ele. — Me desculpe. Eu aqui tocando distraído e você aí, no maior sufoco. Tadinha, vem cá!

15

— Por gentileza, dona Ophélia está?
— Araújo?
— É você, Ophélia? E aí, tudo bem?
— Vamos indo.
— Como é? Teve alguma ideia?
— Até agora, nada. E você?
— Varei a noite sem dormir, pensei pra burro e é aquilo... Não tem jeito. Vai ter que ser mesmo na marra.
— Na marra como, Araújo? Explica melhor.
— A obra não começa terça de manhã? O negócio é o seguinte. Hoje à noite, lá pelas duas da madrugada, a gente vai pra praça, trepa na mangueira e fica sentado nos galhos, escondido, de tocaia. De manhã, quando o pessoal da construção chegar, a gente aparece lá em cima e diz que não vão derrubar a árvore coisa nenhuma...

— Mas...

— Mas o quê? Acha que eles vão ter coragem de derrubar a árvore, com a gente em cima?

— Não. Acho que eles vão subir e arrancar a gente de lá em um minuto.

— Aí é que está! Estou pensando em levar uma mala com o arco-e-flecha Kamaiurá, meu tacape, dois estilingues e um monte de pedras. Você podia preparar uns sanduíches de queijo e presunto e suco de maracujá pra gente... Isso, fora nossa arma secreta...

— Arma secreta?

— A Lindoia.

— Você está pensando em levar a cobra pra cima da árvore?

— Claro!

— Araújo! Você está falando sério?

— Quero ver quem tem coragem de subir na árvore com a Lindoia lutando do nosso lado.

— Minha Nossa Senhora! Eles chamam a polícia!

— E daí? Pode chamar a polícia e o exército inteiro. A gente conversa. Explica o caso. A razão está do nosso lado, Ophélia... Uma praça antiga daquelas, com árvores centenárias... Eles vão compreender.

— Pelo amor de Deus, Araújo! Acho que quem precisa compreender é você. O prefeito já assinou o decreto, a obra já está autorizada...

— E eu com isso?

— A gente vai é acabar indo preso!

— Pago pra ver! Se subirem na árvore, a gente luta. Dá tapa, flechada, gravata, porrada. A Lindoia vai ajudar muito. Não tem outro jeito, Ophélia. Agora, é assim: ou vai ou racha! Se correr, o bicho pega, se ficar o bicho come!

— Mas isso é loucura, homem de Deus! Trepar na árvore! Levar uma jiboia! Lutar corpo a corpo com a polícia!

— Você está me chamando de louco?

— Estou!

— Loucas são essas pessoas que decidem o que bem entendem sem perguntar nada pra ninguém, sempre de acordo com seus interesses particulares. Essa gente não quer nem saber dos interesses da sociedade. Para decidir a destruição de uma praça pública, a população tem que ser consultada!

— Mas eu já disse: o prefeito autorizou!

— Mas não consultou ninguém do bairro! Um prefeito não é eleito para fazer o que quer, mas, sim, para atender os interesses da população...

— Calma, Araújo!

— Calma coisa nenhuma! Pensa que só porque eu sou velho vou deixar de lutar por minhas ideias?

— Meu Deus do céu...

— Você está é com medo, Ophélia! É isso! Confessa... está tremendo feito vara verde.

— Olha aqui, Araújo... Subir em árvores, lutar com a polícia... Tenha dó!

— Então você concorda com a destruição da praça?

— Não!

— Mas o que você propõe?

— Vamos pensar melhor...

— Ophélia, hoje é segunda-feira. As obras na praça vão começar amanhã de manhã cedo! Não temos mais tempo, entende? Olha, quer saber? Então tá! Fica aí, fica... fritando bolinho! Vai cuidar dos seus netinhos, limpar fraldinha, tomar chazinho de arruda com leite quente, assistir novelinha, fazer comprinha no *shopping centerzinho*... Acorda, Ophélia! Pensei que você fosse uma pessoa legal e vejo que você é uma tremenda de uma burguesona burralda e alienada...

— O quê?!

— Nunca pensei que depois de velha você fosse virar isso!

— Isso o quê?

— Uma burguesona bunda mole!

— Prefiro ser burguesona bunda mole do que ser um velho coroca metido a Tarzan!

— Vá tomar banho!

— Araújo!

— Vá tomar banho!

— Olha aqui... Escuta o que eu digo... Você vai se ferrar de verde e amarelo!

16

— Paiê.
— Hã.
— Vai começar.
— Já vou.

São vinte horas e quinze minutos. Muito boa noite. Vai começar mais uma edição do seu Jornal TV, o porta-voz das últimas e principais notícias. Os destaques de hoje: GENEBRA: Continuam em compasso de espera as negociações para a não-proliferação de armas atômicas. Após reunião que durou aproximadamente três horas, os chanceleres dos Estados Unidos, União Soviética, Alemanha, Inglaterra, França e demais representantes dos principais países do primeiro mundo não conseguiram chegar a nenhum *acordo. As superpotências querem ter direito aos armamentos nucleares, mas insistem na proibição do desenvolvimento dos mesmos nos demais países. Na saída, os membros do Conselho evitaram declarações à imprensa. Manifestantes pacifistas fizeram um ato de protesto em frente ao Palácio das Convenções, exigindo a desativação imediata dos equipamentos e usinas nucleares em todo o mundo. A manifestação foi dissolvida pela polícia. Não houve vítimas. Os representantes dos países do terceiro mundo não participaram das discussões. RIO DE JANEIRO: Em palestra realizada na sede da Associação Brasileira de Imprensa, o professor da Universidade Federal do Rio de Janeiro, dr. Júlio César Barbosa Gomes, diante de uma assistência de quarenta e sete pessoas, acusou a imprensa de utilizar uma linguagem incompreensível à grande maioria da população. Dessa forma, no seu entender, uma parcela significativa do povo, cerca de 80% da população, é mantida à margem das informações importantes, das decisões que vêm sendo tomadas quanto ao sistema político do país, a política econômica, as reformas do governo, do legislativo, do sistema fiscal etc. Os poucos jornais que utilizam linguagem acessível são de baixo nível, afirmou o professor, apresentando apenas notícias de crimes e esportes, assuntos que pouco têm a ver com os principais problemas que enfrentamos. Os grandes jornais e revistas poderiam perfeitamente se esforçar para, numa linguagem menos rebuscada e elitista, atingir o objetivo primeiro da imprensa, que é informar. "A quem pode interessar manter essa imensa parcela da nação sem informações?", perguntou o professor Barbosa Gomes. O professor mencionou ainda os baixos salários dos professores públicos, a falta de investimento na capacitação de professores e a falta de bibliotecas públicas como fatores importantes no processo de alienação da população: "Se nada for feito, o povo brasileiro continuará sendo explorado, impossibilitado de entrar no mercado de trabalho e à margem do processo político. Dessa forma, nosso país continuará enfrentando graves problemas sociais", concluiu o professor. Em seguida, num ato simbólico inesperado, o palestrista começou a atirar livros na plateia e pelas janelas do auditório. A chuva de livros, alguns bem grossos, acabou, inclusive, ferindo pedestres e amassando capotas de automóveis que trafegavam pela avenida Rio Branco. Detido pela polícia para averiguações, o professor Barbosa Gomes foi solto no final da tarde. A UFRJ e a Associação Brasileira de Imprensa ainda não emitiram comunicados oficiais sobre o assunto. SÃO PAULO: Um fato pitoresco na tarde paulistana. Deveriam ser iniciadas hoje, numa praça do Sumaré, bairro nobre de São Paulo, as obras do monumental* Sumaré Big Shopping Boom, *um grande empreendimento imobiliário, como já vinha sendo amplamente anunciado há algum tempo.*

No começo da tarde, quando a equipe da construtora chegou ao local da obra, teve uma surpresa. Um morador *do bairro, inconformado com a destruição da praça, subiu numa árvore, uma mangueira secular, localizada no centro do terreno, impedindo que a obra fosse iniciada. Funcionários da empreiteira tentaram, em vão, negociar com o morador, um homem já idoso, que se manteve irredutível. Um dos operários resolveu subir na árvore para conversar com ele. Neste instante, outra surpresa! Uma senhora, que também estava escondida entre os galhos, apareceu com uma bengala na mão ameaçando o rapaz, que se viu obrigado a recuar.*

— Mas... é a vovó!
— Olha o Caramujo!
— Minha mãe ficou doida!!!

A polícia foi chamada ao local, assim como o corpo de bombeiros. O casal afirmou que só desceria da árvore se a obra fosse suspensa. Com o movimento, moradores e curiosos se aproximaram e, em pouco tempo, uma verdadeira multidão havia ocupado a praça, passando a apoiar o casal que protestava. Enquanto a população gritava: "Fora! Abaixo o Shopping Boom!*", uma comissão formada por funcionários da empresa construtora dirigiu-se à prefeitura para reclamar da situação. Um advo-*

gado, morador das redondezas, colheu assinaturas para um abaixo-assinado, que foi imediatamente encaminhado à Justiça, sob forma de ação popular, solicitando que o decreto, que autorizou a obra, fosse revisto. Entrevistado em seu gabinete agora à noite, o prefeito garantiu que estudaria o caso e determinou a suspensão provisória da obra. Ao receberem a notícia, os populares iniciaram uma verdadeira festa de carnaval, dançando, cantando e fazendo batucada. Ao vivo, nossa repórter fala do local...

— Pai, onde você vai?
— Paiê!

17

Ophélia nem tocou a campainha da casa de portãozinho azul na Teodoro Sampaio. Foi entrando e se enfiando pelo matagal adentro. O papagaio, como sempre, espiava tudo do poleiro. A professora encontrou Araújo na sala, tirando uma música no piano.

— Você! Depois da festa você sumiu — disse ele —, levantando-se surpreso.

— Precisava resolver um assunto em casa. Tudo bem?

— Ophélia, foi maravilhoso! Quando vi você subindo na árvore, juro mesmo, tive certeza de que tudo ia dar certo. E não deu outra.

— Nem acredito! Que loucura, Araújo! — disse ela entusiasmada. — E a cara do pessoal da obra? E a festa depois? Sabe da última? Parece que nossa ação foi aceita na Justiça. Deu até na televisão.

— Eu sabia! gritou Araújo. — Eu tinha certeza. Não tinha lógica acabar com a praça. Eles que vão construir o tal *Shopping Boom* lá na casa da mãe deles! Senta aí, Ophélia. Vou trazer um suco pra gente beber.

— Não precisa.

— Que é isso, menina! Volto daqui a um segundo.

Ophélia estava feliz e triste ao mesmo tempo. Tinha tido um arranca-rabo daqueles com o filho. André não se conformava com a história da praça. Disse que era absurdo, xingou, falou cobras e lagartos dela e do Araújo. Que não tinham juízo, que... onde já se viu?, o que é que a vizinhança ia pensar?, imagine, a mãe dele trepada numa árvore feito macaca Chita! Chamou Araújo de trambiqueiro vigarista. Disse mais: achava que sua mãe estava esclerosada e que talvez fosse o caso de internar. Ophélia contou que perdeu a cabeça. Deu uma bronca no filho como não dava há muitos anos. Disse que ele era um malcriado, um egoísta, que só pensava em si mesmo, que ela não só era dona do próprio nariz, como dona inclusive da casa onde eles moravam. Sabia cuidar da própria vida melhor do que ninguém. Exigiu respeito. Se ele tinha ideias diferentes, ou se achava que ela estava caduca, isso era problema dele. Gritou. Disse que estava cansada de ser desrespeitada por todos dentro de sua própria casa. Saiu batendo a porta na cara do filho.

Araújo voltou risonho. Na bandeja, um barulhinho de gelo.

— Ophélia... quero pedir desculpas. Outro dia, no telefone... Não podia falar com você do jeito que eu falei.

— Quem tem que se desculpar sou eu. Depois que a gente desligou, fiquei triste. Quando você me procurou pela primeira vez, Araújo, eu confesso, estava mal. Andava desanimada da vida, me sentindo uma velha inútil. Desde que perdi meu marido minha vida tem sido cada vez mais difícil. Uma luta o tempo todo contra a solidão. Em casa, decidiram me tratar como se eu estivesse doente. Aquilo mexendo comigo. A notícia da aposentadoria foi a gota d'água. Parecia a confirmação de que eu estava mesmo acabada e não servia para mais nada. A sensação era de que eu estava morta e se esqueceram de me enterrar. Aí apareceu você. Forte, cheio de energia, de planos e de sonhos. Fiquei boba. Um homem na sua idade... um cara corajoso... sabe que me deu um novo ânimo? Passei a ver as coisas de outra maneira. Me senti outra... graças a você.

— Eu...

— Acho incrível um homem assim, não-acomodado, inteligente, corajoso, um artista, sempre viajando pelo país inteiro, se metendo pelo mato, vivendo com os índios, valorizando outras culturas, desprezando o rótulo de "velho" que as pessoas adoram pregar na testa da gente. Araújo, você é um grande exemplo. Não se conformou com essa vidinha besta, sempre igual, que a maioria das pessoas leva. Não deu bola pra velhice. Provou por A mais B que a vida é uma coisa séria que a gente tem que cultivar o tempo todo feito um jardim.

Araújo ficou de pé. Ophélia continuou:

— Me senti uma tonta depois de nossa briga pelo telefone. A melhor pessoa que me aparece ultimamente pede ajuda e eu, na hora H, dou pra trás! Não! Nada disso! Tomei a decisão e fui correndo pra praça. Por sorte ainda deu tempo...

Araújo sentou-se diante de Ophélia, pálido, os olhos cheios de lágrimas:

— Preciso confessar uma coisa. Olha — disse ele tapando o rosto com as mãos trêmulas —, isso tudo que você disse... essas coisas... é tudo mentira...

— Mentira?

— Tudo mentira... tudo... eu nunca fui pra lugar nenhum, nunca fui a mato nenhum. O lugar mais longe que eu cheguei na vida foi aqui perto, em Silveiras, no Vale do Paraíba, pra comprar pinga.

— Mas... e a cobra... a história da Lindoia...

— Tudo mentira! Quer dizer, aconteceu, mas não comigo. Um sujeito me contou, um tal de Noca, este sim, caçador de mão-cheia. A Lindoia eu consegui pequenininha, em São Paulo mesmo, com um amigo que trabalha no Instituto Butantã.

— Mas... os índios... a casca de jatobá?

— Nada, Ophélia. É tudo mentira. É tudo fantasia minha. Desculpe. Aquilo eu copiei de um livro escrito pela antropóloga Carmen Junqueira[1]. Tudo o que sei sobre índios são histórias que eu tirei de livros, ouvi contar, li nos jornais. Eu mesmo acho que nunca vi um índio de verdade em toda a vida. Só no cinema. Peço desculpas por ter enganado você. Que vergonha...

— Araújo!

— Sou um fracassado mentiroso, um banana, um pobre coitado. Quis que você gostasse um pouco de mim e pra isso menti o tempo inteiro. Fiz um papel, Ophélia, banquei o herói, fingi ser o homem que eu queria ter sido na vida e nunca fui, contei coisas que gostaria de ter feito, mas não fiz...

Araújo soluçava encolhido na cadeira de palhinha. As mãos escondiam o rosto envergonhado. De repente, do fundo da casa, veio um ruído baixo e profundo. Era uma espécie de ronco. Primeiro fraco, depois grosso e melancólico.

— Que... é isso, Araújo?

— Nada, é a Jurema.

— Jurema?

— Minha vaca, Ophélia! Você acha que eu tomo essa fraude em forma de líquido, esse leite falsificado misturado com água que os supermercados vendem por aí?

---

[1] JUNQUEIRA, Carmen. *Os índios de Ipavu*. 3. ed. São Paulo: Ática, 1979.

Ophélia não sabia o que pensar. Araújo tinha mais confissões a fazer.

— Menti também sobre a Gislene — confessou ele chorando baixinho, sempre com o rosto coberto pelas mãos. — Sou um orgulhoso. Sou um panaca. Não quis confessar que sinto muita saudade dela.

Araújo contou que se dava muito bem com a companheira. O problema todo foi a Lindoia.

— A Gislene tinha um gato. Um dia, o gato desapareceu. Depois de muita procura a gente olhou para a Lindoia e viu que no meio da barriga dela tinha uma espécie de inchaço, feito uma bola. Era o raio do gato.

Segundo Araújo, Gislene não se conformou com a morte prematura de seu gato de estimação. Quis que Araújo se livrasse da cobra. "Ou ela ou eu!", exigiu ela.

— Eu não podia fazer isso, Ophélia — explicou Araújo num tom de voz desesperado. — A Lindoia errou, mas quem não erra nesta vida? O gato da Gislene era obeso. A coitada da Lindoia devia estar com fome, deve ter olhado aquela carne toda e não resistiu. Isso acontece. Acontece ou não acontece, Ophélia? A carne é fraca!

A professora teve que concordar.

— No fim de muita briga e discussão, a Gislene arrumou suas coisas, foi embora e não deixou nem endereço...

Os pensamentos davam voltas no meio de vozes. O passado misturado com o presente. Tudo o que aconteceu passando depressa como num filme. Ophélia examinou Araújo. O amigo estava encurvado. Frágil. Pálido. Parecia muito mais velho. Uma fraqueza começou a tomar conta do corpo de Ophélia. Parece que ela estava caindo de novo num poço escuro. Junto dela, despencavam Araújo, seu filho, sua nora, seus netos, sua casa, seu quarto, suas lembranças, tudo e todos girando num redemoinho escuro e sem nexo.

Foi quando Ophélia deu um pulo da cadeira:

— Araújo! Para já com esse chororô. Larga de ser criança. Preste atenção. Você, nestes anos todos como músico profissional, deve ter juntado um dinheirinho.

Araújo disse que sim com a cabeça.

— Eu também tenho uns cobres guardados; uma parte herdei de meu marido, outra ganhei no trabalho como professora. E ainda temos nossas aposentadorias. Então! Vamos pegar, fazer uma vaquinha e ir embora.

— Mas... como? Pra onde?

— Ué! Viajar por aí, pelo Brasil, conhecer um pouco de tudo.

O rosto de Araújo apareceu por trás das mãos.

— A gente podia ir ao Parque Nacional do Xingu visitar os índios! — gritou animado.

— Claro! E conhecer a Floresta Amazônica.

— O Pico da Neblina.

— Descer o rio Amazonas.

— A Prelazia de São Félix do Araguaia.

— Assistir a um Quarup.

— Subir o rio São Francisco.

— Conhecer a seca do Nordeste.

— A oficina de um mestre de xilogravura.

— O fenômeno da Pororoca.

— Um quilombo.

— As reservas dos Carajás.

— O Pantanal.

— O carnaval e o maracatu em Olinda.

— Uma festa de São João, na Paraíba.

— O Vale do Jequitinhonha.

— O teatro de mamulengo.

— Sete Povos das Missões.

— Uma roda de samba na Mangueira.

— Serra Pelada.

— Os Lençóis Maranhenses.

— Ophélia!!! Que boa ideia! Sonhei com isso minha vida inteira! A gente leva uma máquina, um monte de filmes e sai fotografando tudo. Levamos também um gravadorzinho a pilha, para o caso de alguma conversa interessante. Já pensou um bate-papo com um chefe indígena? Com um garimpeiro em Serra Pelada? Com um caboclo que nunca saiu do sertão? Com um cantador de coco? Com um quilombola? Com as crianças do Vale do Jequitinhonha?

Uma sombra devastadora escureceu o rosto de Araújo.

— Tem outra mentira cabeluda — confessou ele —, de olhos arrependidos e chorosos.

— Que foi agora?

— Eu uso dentadura!

Ophélia caiu na gargalhada. Depois, abraçou e beijou o amigo.

Araújo enxugou os olhos. Estava sério. Pegou a amiga pelos ombros:

— Fiz uma música pra você... quer ouvir? É um chorinho. Chama-se *Monte Alegre*.

Oferecido à Maria Ophélia Fagundes

Monte Alegre
(chorinho)

19

André querido,

Não pode imaginar como estou triste. Será que a gente precisava passar por tudo isso? Queria ter saído de casa de outra maneira, ter me despedido com alegria e esperança. Você não sabe o que significa para mim estar brigada com meu filho, com meu querido. Por favor, André, tente compreender. Essa viagem não é uma coisa contra você nem contra ninguém. Não significa que eu tenha deixado de amar você, a Solange, que pra mim é uma filha, e as crianças. Pense um pouco, meu filho. Por favor. Eu precisava me soltar, sair e viajar. Sempre gostei de viver a vida, mas, ultimamente, andava desanimada e deprimida. Minhas asas estavam ficando enferrujadas, André. Estava sufocada feito passarinho preso na gaiola. Viajar pelo Brasil está me fazendo bem, tenha certeza. É como um sopro de vida. Tenho saúde, me sinto jovem ainda. Nosso país é imenso. Estou aposentada. Pra que ficar em casa mofando? Com a morte de seu pai e, agora, obrigada a me aposentar, minha vida ficou difícil, vazia, quase sem sentido. Araújo é um velho amigo de muitos anos. Uma pessoa boa. Nos damos bem. Temos a mesma idade, ideias parecidas sobre muitos assuntos, todo um passado para recordar. Quando surgiu a ideia da viagem fiquei muito feliz. Parecia até uma janela se abrindo diante de mim. Pensei comigo, por que não? Minha Nossa Senhora! Por que não? Quero que saiba que estou longe de casa, mas meu pensamento está o tempo todo aí; um pedaço de mim ficou aí, junto de você, da Solange, da Julinha, do Beto e da Maúcha, esses netinhos que eu tanto amo.

Fiquem com Deus.

Um beijo carinhoso da Vovó.

20

Mãe,

Não me conformo nem nunca vou me conformar com essa sua viagem irresponsável e sem sentido. Sinceramente, largar a casa, a família, os netos, sair por aí feito louca a troco de nada, não dá para entender. Além dos riscos, é um desperdício inacreditável, uma irracionalidade, um dinheirão que você está jogando fora. Esse dinheiro era muito importante e estava guardado para uma emergência. E se acontecer alguma coisa no futuro? E se você precisar do dinheiro para pagar um hospital? Na sua idade, podem acontecer imprevistos, mãe.

Será possível que você não percebe a loucura que está fazendo? Não dá para entender. Não tem o menor cabimento. E se você passar mal durante a viagem? E se cair na calçada e quebrar a bacia ou o fêmur? E se tiver um problema cardíaco? Ou um derrame? Como vai ser? Quem vai socorrer você? Esse velho maluco? Um sujeito que vive cercado de cobras, papagaios e vacas, enfiado num barraco construído num terreno baldio? Lamento a hora em que este mau elemento apareceu em sua vida, mãe. Para mim, não passa de um espertalhão, de um aventureiro. Ou ele é golpista ou então é um doido varrido. Não quero nem posso interferir em nada. Minha paciência se esgotou. Como você mesma fez questão de esfregar na minha cara, é dona do seu nariz, é dona do seu dinheiro e faz o que bem entende com sua vida. Se quiser minha opinião, a opinião sincera de seu único filho, da pessoa que tanto lhe quer e se preocupa de verdade com você, acho que devia largar este canastrão caduco e voltar para casa imediatamente no primeiro avião. Estamos todos preocupados. A Solange está muito magoada e chora todo dia. As crianças estão desoladas e não conseguem entender o que aconteceu com você. Veja o péssimo exemplo que você está dando para seus netos. Na sua idade, fugir de casa com um homem! Por acaso, já pensou na vizinhança? Na dona Otília, no seu Werner, no dr. Ruy, na dona Olguinha? E tia Amélia? A coitada está gastando uma fortuna com telefonemas. Liga todos os dias para saber notícias suas. O que essa gente vai dizer? Imagine o que devem estar pensando de você, uma mulher religiosa, uma pessoa de quase oitenta anos, passeando por aí, ninguém sabe onde, com esse namorado vigarista! Vocês nem casados são!

Mãe, nunca escrevi tão sério em toda minha vida. Estou muito preocupado, triste e decepcionado. Nunca imaginei que minha própria mãe fosse capaz de uma loucura dessas. Peço que pense, pese bem as coisas, tenha juízo, veja os prós e os contras, largue esse homem, acorde e volte o quanto antes.

André

21

Querida dona Ophélia,

Quanta saudade! Se soubesse a falta que a senhora faz para todos nós! Aqui vai tudo indo bem. O restaurante do André, depois de muita luta, foi finalmente inaugurado. Por enquanto, tem pouco movimento, mas isso é normal. Demora até fazer o ponto. A gente acha que daqui uns seis meses já deverá estar com um movimento razoável. Bom mesmo, só daqui um ano. Durante esse período, o coitado do André está trabalhando dobrado. De dia, na Infranorma e, à noite, no restaurante. Está puxado, mas não tem jeito. A gente espera que dentro de seis meses ele já possa pedir demissão do emprego. Tomara. Reze pela gente.

E a senhora, como vai? E o seu Araújo? Não fale isso para o André, dona Ophélia, mas achei o máximo sua decisão de viajar pelo Brasil. É claro que quem está certa é a senhora! O André, um dia, vai compreender isso, tenho certeza. No fundo, dona Ophélia, ele até se preocupa com sua segurança e por causa do dinheiro, mas é tudo desculpa. O problema todo é ciúme. A senhora precisa perdoar seu filho. Não é fácil para ele, de repente, ver sua mãe saindo por aí, com outro homem. É normal que ele fique um pouco perturbado. Mas passa, dona Ophélia.

A Julinha está ótima. Foi para a terceira série e vai muito bem. Começou a jogar vôlei e agora vive com dedos e joelhos machucados. O Beto, em compensação, quase repetiu de ano. Ele tem dado um pouco de trabalho, pois detesta estudar e não consegue prestar atenção em nada. O André, outro dia, teve uma conversa séria com ele. Só pensa em brincar e jogar bola na rua; acho que um pouco é por causa da idade. Outro dia, peguei o coitado sozinho no quarto, chorando. Perguntei o que era. Disse que tinha saudade das histórias que a senhora contava. A Maúcha está muito linda e crescida, andando bem e falando de tudo. Já parou de usar fraldas. A senhora não vai nem reconhecer. Ano que vem, a gente está pensando em colocar no maternal.

Mande notícias sempre, dona Ophélia. A gente sente muita saudade! Aproveite o máximo que puder!

Um beijo carinhoso de sua nora e filha.

Solange

22

Meus queridos filhos e netos,

Este mês completa um ano que eu e Araújo estamos longe de casa. Vocês não podem imaginar quanta coisa interessante temos visto e vivido esse tempo todo! Cidades grandes e pequenas, vilas minúsculas escondidas no meio do mato. Passamos duas semanas na aldeia dos índios Kamaiurá, às margens da lagoa de Ipavu, no Parque Nacional do Xingu. Assistimos a um moitará, um encontro entre diferentes tribos. Vocês nem imaginam que bonito! Andamos em todo tipo de estrada, encalhamos umas dez vezes. Como chove aqui! Nossa Senhora! E o calor?

Conhecemos muita gente boa por esse país afora. Visitamos lugares maravilhosos. Fizemos amizades ótimas. É tanta coisa que não dá para contar numa simples carta. Nosso país é impressionantemente variado, extraordinariamente bonito e muito rico. Falo tanto das riquezas naturais como das culturais. Estamos tirando fotografias, fazendo gravações e anotações. Vocês vão ver tudo na volta. Até agora, tanto minha saúde como a de Araújo estão ótimas. De vez em quando, medimos a pressão na farmácia e só. É tanta coisa para fazer que não dá tempo para ficar doente nem envelhecer. Durante a viagem, fui ficando cada vez mais próxima e amiga de Araújo, que se revelou um companheiro excelente, uma pessoa generosa, um amigo para todas as horas. A gente se diverte muito junto. Acabamos namorando e casando. Sei que vai ser uma surpresa para todos. Casei com Araújo mês passado, numa cidadezinha esquecida no mundo chamada Monte Alegre, na divisa de Goiás com o Pará. A cerimônia foi na capela de Nossa Senhora das Graças. Estou muito feliz e Araújo também. Queremos continuar nossa viagem por muito tempo. O quanto a gente puder. Agora, estamos indo para o Norte, até Manaus, tomar um barco e subir o rio até a fronteira com o Peru. Vamos ver se a gente consegue. Depois, pretendemos voltar até Santarém e de lá ir para Belém, passar uns tempos. Tudo vai muito, muito bem. A única coisa que dói é a saudade que sinto de todos. Não deixo de pensar em vocês nem um único instante. Rezo todos os dias pensando em vocês. Espero que cada um esteja cuidando de sua vida e que todos estejam bem de saúde e felizes. Como nós!

Um beijo saudoso e carinhoso da Vovó e do Araújo.

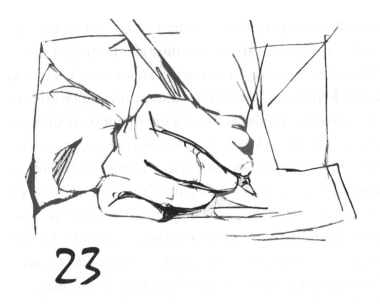

23

Vovó,

Gostamos muito de você. A gente está morrendo de saudade. Você está aproveitando bem o passeio? Sabe que a Olívia deu cria? Nove filhotes, um morreu. Quando voltar, traz um bicho pra nós? Pode ser uma jiboia das pequenas, sem veneno, que não morda, ou uma anta. Jacaré não precisa trazer. Vovó, você está grávida? O Caramujo já virou nosso avô? O Caramujo agora manda no papai?

Agora tchau. Muitos mil beijinhos.

Ju, Beto e Maúcha

24

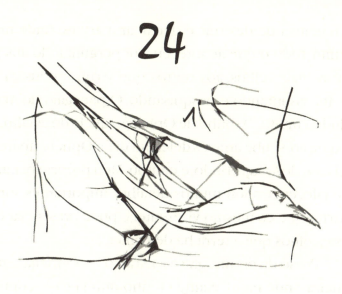

Pouca gente nota, mas a verdade é que os pássaros estão espalhados por tudo o que é canto. Nas árvores, nos parapeitos, nas grades, nos muros e muretas, nos telhados, nos portões, nos postes, nas quinas, em lugares que até Deus duvida. É comum um homem trabalhando, por exemplo, não perceber que, a seu lado, bem pertinho, tem um passarinho pousado.

Por causa disso, pude saber coisas do tempo da construção da casa do Sumaré, as histórias de Zé do Onofre e Ângelo Rufino Barata e a vida de José Bento e Ophélia. Por causa disso, foi possível, principalmente, compreender os acontecimentos posteriores, as conversas dos adultos e das crianças, o aparecimento de Araújo, os vários encontros e conversas entre ele e Ophélia na praça, as cartas lidas para Solange, em voz alta, por André, a tentativa de destruir e derrubar a árvore onde moro, enfim, tudo o que aconteceu. Fui perguntando aos pássaros mais velhos, aos outros que voam e pousam por aí, fui assuntando e pesquisando. O papagaio do Araújo ajudou muito. O sonho de Ophélia, aquele do assalto, por exemplo, soube através dele. Um dia, a Ophélia apareceu na casa de Araújo, rindo, e contou. Meu próprio pai, antes de falecer, revelou muitos detalhes importantes, fora as partes que eu mesmo vi, escutei e pude presenciar com estes olhos que a terra há de comer.

Posso dizer que, graças a Araújo e a Ophélia, a mangueira onde nasci, e ainda tenho minha casa, continua em pé, até hoje.

Soube que os dois, depois de viajar durante anos, resolveram voltar para São Paulo e se fixar em Hepacaré, uma cidadezinha perdida no tempo e no espaço, esquecida no Vale do Paraíba. Ali construíram sua casa e fizeram uma vida feliz.

Araújo morreu numa manhã de sol e, meses depois, Ophélia se juntou a ele. Antes disso, a boa senhora botou no correio um baú de madeira preta cheio de fotografias, cadernos, fitas gravadas, amostras de pedras, objetos, recortes de jornais e mais um montão de coisas. O baú estava endereçado aos netos e, de acordo com as instruções, só poderia ser aberto quando a menor, Maúcha, completasse quinze anos.

Por tudo o que fizeram, Araújo e Ophélia estão vivos para sempre dentro de mim.

Já é tarde. Mais de onze e meia. Faz calor, a lua está brilhante e o céu cheio de nuvens. Igual àquela noite de medo, minha vida indo por água abaixo, minha casa, a árvore correndo risco de ser derrubada, eu sem saber pra onde me virar.

Parece até, sei lá, loucura minha, que estou escutando passos na rua e daqui a pouco Araújo vai aparecer carregando uma mala.

Passou uma moto a toda com um casal de namorados. Os dois riam. Deve ser bom andar de moto. Claro que voar é muito mais gostoso.

Antes de dormir, tenho o costume de espiar pela porta de casa para ver se descubro algum gato sanguinário perambulando pela praça. Em geral, também gosto de espiar o céu para ver como vai ser o amanhã. Dependendo se tem nuvens, do sopro do vento, da temperatura, da umidade do ar, das cores, do que dizem os outros bichos, a gente fica sabendo se vai fazer sol, frio ou chuva. Amanhã vai fazer sol.

Ontem, para matar as saudades, voei sobre a casa onde a boa e saudosa Ophélia morou. Continua igualzinha. O jardim bem cuidado, as árvores, a trepadeira subindo cada vez mais pela parede de tijolinho. Não sei quem andou escrevendo com tinta vermelha na porta da garagem:

Maúcha, precisamos nos conhecer melhor.

Autor e obra

Araújo ama Ophélia, meu segundo livro, foi publicado, em sua primeira versão, pela Melhoramentos, em 1981. O texto curto, dirigido principalmente ao público infantil, conta a história de dois velhinhos, ex-namorados na infância, que se reencontram no fim da vida, tomam coragem e decidem defender certa árvore que uma construtora pretende derrubar.

Com o livro publicado nas mãos, percebi que ainda havia muita coisa para contar naquela história. Quem era Ophélia? Tinha filhos e netos? Como sua família reagiu diante de seu reencontro com Araújo? Quem era Araújo? Ele também tinha filhos e netos? Era casado ou solteiro? Os dois voltaram a namorar? Casaram-se de novo? Que fim levaram eles?

Diante de tantas perguntas, decidi retomar a história e escrever um novo livro, que não anulasse o primeiro, mas, sim, entrasse em outros detalhes e trouxesse mais informações. Assim nasceu o livro *Chega de saudade*, dirigido a um público mais amplo e publicado, em sua primeira versão, pela Moderna, em 1984.

O livro foi muito bem e o tempo passou. Mais tarde, revi e reescrevi o texto inteiro, mas quero contar outra coisa.

Lá por meados da década de 1990, fui convidado por uma professora para conversar com idosos que haviam lido o livro.

Eles frequentavam uma espécie de clínica geriátrica. Nunca tinha tido uma experiência desse tipo antes e topei.

Era um grupo de umas vinte pessoas, com idades que iam dos setenta aos oitenta e pouco anos. O pessoal era muito simpático, tinha gostado do livro e o papo rolou solto.

Durante a conversa, percebi que as pessoas, volta e meia, dirigiam olhares e sorrizinhos para uma das senhoras do grupo. Era, sem dúvida, a mais velha de todos. Bem magrinha, muito surda, tinha um sorriso luminoso e uns olhos vivos que pareciam duas jabuticabas.

Era tanta brincadeira que eu acabei perguntando o que, afinal, estava acontecendo.

Todos muito risonhos pediram que ela mesmo contasse.

Pois bem, aquela senhora viúva, de mais de oitenta anos, uns meses antes, voltando para casa, tinha esbarrado num senhor também de idade. Com o esbarrão, a bengala do sujeito foi parar longe. A mulher ajudou a pegar a bengala, os dois começaram a conversar e, conversa vai, conversa vem, ela contou que tocava piano. Ele adorava música. Conversaram mais, marcaram um encontro e, enfim, para encurtar a história, iam se casar na semana seguinte.

Saí desse encontro feliz da vida. Primeiro, porque tive certeza de que meu livro fazia todo o sentido. Segundo, porque, puxa, como é bom sentir na pele que a vida é imensa e pode ser muito rica, complexa, inesperada e apaixonante se a gente deixar.

Ricardo Azevedo

***

Ricardo Azevedo, escritor e ilustrador paulista, é autor de mais de cem livros para crianças e jovens, entre eles: *Um homem no sótão, Histórias de bobos, bocós, burraldos e paspalhões, Lúcio vira bicho, Trezentos parafusos a menos, Armazém do folclore, Ninguém sabe o que é um poema* e *A hora do cachorro-louco.* Tem livros publicados na Alemanha, Portugal, México, Holanda e França. Entre outros prêmios, ganhou quatro vezes o Jabuti. Doutor em Letras (USP) e pesquisador na área da cultura popular.